Train de nuit

Émilie Riger
Rosalie Lowie
Dominique Van Cotthem
Frank Leduc

Train de nuit

Nouvelles

© Photo : Rahana Raju.
© Émilie Riger, Rosalie Lowie, Dominique Van Cotthem, Frank Leduc

Édition : BoD · Books on Demand, 31 avenue Saint-Rémy, 57600 Forbach, bod@bod.fr
Impression : Libri Plureos GmbH, Friedensallee 273, 22763 Hamburg (Allemagne)
ISBN : 978-2-3226-1344-1
Dépôt légal : Avril 2025

*Remerciements à la SNCF et à la nuit,
sans qui ce recueil n'aurait pas été possible.*

PARIS-ROME

Émilie Riger

Louis

Elsa était trop belle pour lui. Trop belle, trop complexe, trop ambitieuse. Louis le savait depuis qu'il avait posé les yeux sur elle et compris qu'il lui appartiendrait. Il possédait une puissance un peu rustre, une intelligence pragmatique ; Elsa, une beauté raffinée, émulsionnée par une pointe de ruse. Cette note sournoise lui donnait du chien, une aura dangereuse. Insaisissable.

Louis se rêvait pianiste international, mafieux charismatique, acteur hollywoodien, chirurgien révolutionnaire… N'importe quoi pour ensorceler sa dulcinée. N'importe quoi, sauf être lui : un bûcheron devenu patron d'une scierie. Assez pour gâter Elsa, insuffisant pour satisfaire ses fantasmes.

Ils ressemblaient à un vase de cristal posé sur une table en formica. Ils ressemblaient à une histoire qui va mal finir.

Une perpétuelle vigilance usait les nerfs de Louis. Elsa devait plaire, comme le soleil doit se lever, et les amateurs ne manquaient pas. Louis ne dormait plus, s'énervait, fumait trop. Pourtant, il aurait préféré crever plutôt que de renoncer. Il crèverait le jour où il la perdrait.

Louis souleva les énormes valises (la beauté d'Elsa s'avérait encombrante) et les déposa dans leur cabine.

Un quart d'heure avant le départ du train.

Sœur Clémence

Propulsée par la panique, sœur Clémence engloutit la longueur du quai, une main agrippée à son sac de cuir, l'autre cramponnée à Héloïse. La jeune novice la suivait de bon gré, sans laisser l'angoisse de son mentor entamer sa sérénité.

Sœur Clémence gémit de soulagement en sautant sur le marchepied de leur wagon. Elle se glissa dans le couloir, vérifiant fébrilement les billets appris par cœur. Tractant toujours Héloïse derrière elle, comme si celle-ci pouvait se perdre dans cette coursive rectiligne, elle dépassa un couple. La carrure impressionnante de l'homme évoqua aussitôt à sœur Clémence la démesure d'un sujet biblique,

David ou Samson. Mais elle tira d'un coup sec sur le bras d'Héloïse en découvrant sa compagne : celle-ci montrait trop de peau et portait trop de maquillage pour y exposer son innocente brebis.

Sœur Clémence reprit son souffle en atteignant la cabine suivante, dont elle claqua presque la porte derrière elles. Rassurée d'avoir mis la jeune femme à sa charge en sécurité, elle pêcha dans son sac une bouteille d'eau et un comprimé. L'effet placebo apaisa les battements de son cœur avant même que la chimie anxiolytique n'atteigne son sang.

Héloïse tapota sa manche avec un sourire compatissant, dont la candeur attisa la résolution de sœur Clémence. Elle vouerait son âme à garder cette enfant à l'abri de la main de Dieu. Enfin tranquillisée, elle ferma les yeux.

Dix minutes avant le départ du train.

Tiffany

Tiffany était à la femme ce que le bouton est à la fleur. Une promesse. Une bande-annonce. Un prologue.

À ses yeux, sa mère incarnait l'inverse : un épilogue.

Son maquillage soulignait sa jeunesse, celui de Marjorie camouflait sa maturité. Tiffany méprisait sa mère de toute l'injustice de son adolescence.

Une épouse transformée en fantôme, un zombi incapable de réagir. Sa mère n'avait pas prononcé le moindre reproche quand son mari l'avait quittée pour une autre. Tiffany avait rejeté tous les serments paternels, refusé de le voir ou de prendre ses appels depuis sa trahison. Elle se révoltait, revanchait sa mère. Mais Marjorie s'était contentée de baisser la tête et de pleurer. Pathétique.

Jamais.

Jamais elle ne deviendrait cette victime passive, abattue par ses désillusions.

Jamais elle ne serait cette femme déçue et décevante.

Tiffany se promettait une vie fabuleuse, hors du commun. Une vie guidée par la passion, l'Amour avec une majuscule, le talent. Comme cette inconnue aperçue au début du wagon devait mener, avec cette aura de star de cinéma. Une créature aussi racée ne pouvait se contenter d'une vie banale.

Elle regarda Marjorie monter sa valise dans le porte-bagage en ahanant, s'asseoir. Puis reprendre sa tétine de nicotine et lâcher un nuage de vapeur parfumée, distraite par l'effervescence du quai.

Cinq minutes avant le départ du train.

Ange

Ange courait le plus vite possible, mais son visage offrait l'étrange spectacle d'un homme en retard et souriant. Il n'envisageait pas un instant de manquer un voyage si important, sa naïveté obligeait la réussite à couronner ses efforts.

Ange courait avec son cœur autant qu'avec ses jambes. Pas l'organe, le « vrai », siège des frissons de l'âme. Au bout de la course d'Ange, le plus beau de tous les sentiments l'attendait : l'Amour. Cet amour immense, insensé et invincible, incarné ce jour-là par la modeste Héloïse.

La jeune femme ignorait qu'Ange approchait à la vitesse de ses grandes foulées passionnées. Elle pensait Ange perdu, quelque part entre le passé où il devait disparaître et l'ailleurs où il était censé se trouver.

Héloïse ne vit pas Ange sauter dans le train à l'instant où le chef de gare autorisait la fermeture des portes. Quand la sonnerie retentit, elle ne reconnut pas la musique de la seconde chance.

Ange salua son succès d'un sourire heureux au moment où le train s'ébranlait.

Le couloir

Dans l'agitation du voyage débutant, tous s'affairaient. Il fallait ordonner les valises et coloniser le minuscule cabinet de toilette. Déballer des bribes d'eux-mêmes pour s'approprier ce territoire éphémère.

Les cabines apprivoisées, l'étroit couloir se vit envahir sous prétexte de prendre l'air, dans un va-et-vient alternatif, les voyageurs se croisaient sans vouloir encore se mélanger. Des regards furtifs prenaient la mesure de ces étrangers de hasards devenus voisins. Une destination commune suffirait à établir un lien aussi instantané que superficiel, facile à dénouer dès l'arrivée.

Louis s'engagea franchement dans la coursive. Les odeurs industrielles usées lui collèrent la nostalgie de ses forêts. Le parfum de la sciure de bois imprégnant encore ses vêtements l'apaisa furtivement, au point de sourire en découvrant l'éclat des robes blanches de la cabine jouxtant la sienne. Si seulement Elsa s'était engagée envers lui avec la même conviction, la même intégrité que ces robes de mariées virginales, peut-être aurait-il retrouvé le sommeil et la paix qui le fuyaient. Mais l'aurait-il aimée si fort, sans cette crainte constante de la perdre ?

Quelques mètres plus loin, une dispute crépitait entre une femme et une adolescente. L'une le touchait par son courage fatigué, l'autre le séduisait par sa fougue inconsciente. Il se détourna discrètement.

Rasséréné par cet environnement féminin, il eut presque un hoquet en découvrant la silhouette de la dernière cabine. En un clin d'œil, la largeur des épaules, mise en valeur par les hanches étroites, lui poigna le cœur. Les doigts délicats pianotaient sur la tablette, la posture rêveuse s'inclinait vers le paysage sifflant derrière la vitre. Les signaux d'alerte de Louis se rallumèrent aussitôt : il savait l'élégance de cette apparition propre à captiver l'intérêt d'Elsa au premier regard. Et dès lors, ce jeune homme solitaire, enfermé derrière sa porte de verre et indifférent à ce qui l'entourait, tisonna la jalousie de Louis.

Il regagna son alcôve à pas rageurs, trop grands pour la distance à parcourir, buta contre le chambranle en aluminium et s'effondra, le souffle court, sur la banquette. Elsa ne tourna pas la tête. Elle fumait avec une telle distinction qu'on eut dit le banal objet fiché dans un porte-cigarette en ivoire.

Louis frotta son visage pour en chasser la fatigue et la peur puis, la porte verrouillée et sa jambe en travers du passage montant la garde, il s'assoupit pour tenter de voler un peu de repos à ses tourments.

L'apparition

L'exaspération projeta Tiffany hors de leur capsule bien avant l'heure du repas. Elle s'accrocha à la barre métallique longeant la fenêtre. Laisser les soubresauts du train cogner son front contre le carreau lui semblait préférable à la cohabitation avec sa mère.

Mais bientôt, fatiguée de rester immobile et debout, elle chercha une position plus confortable. Elle pensa retrouver la star de cinéma aperçue à l'entrée du wagon, mais renonça. Quelle serait la réaction de l'homme maussade à ses côtés ? Et puis le spectacle des bonnes sœurs priant un Dieu bidon la démoralisait d'avance. Comment des femmes pouvaient-elles encore faire le choix du renoncement, à l'heure où tant d'entre elles se battaient pour avoir le droit d'exister ?

Il lui restait un voyageur à découvrir, la curiosité trompa son ennui. Elle n'espérait qu'un morne désintérêt quand elle posa les yeux sur leur voisin. Ses paupières clignèrent sans effacer le mirage. Un cahot du train la projeta contre la porte vitrée. L'homme sursauta au bruit sourd, se leva et fit coulisser le mince obstacle qui les séparait.

— Vous êtes blessée ?

Ces quelques mots anodins, l'innocence du sourire, l'inquiétude bleue posée sur elle, suffirent à exaucer son vœu. Elle, Tiffany, quinze ans, vivait ce que certains cherchent toute leur vie : le coup de foudre. La certitude d'aimer corps et âme l'homme devant elle la foudroya avec la violence de cette expression galvaudée.

– Vous avez l'air sonnée. Entrez une minute vous asseoir.

Une main douce et tiède la guida, elle s'y agrippa comme si, assommée pour de vrai, elle craignait la chute.

– Vous m'avez fait peur ! s'amusa-t-il. Ça va mieux ?

– Je m'appelle Tiffany, murmura-t-elle en entrelaçant leurs doigts.

– Ange, répondit-il sobrement.

Ce nom prédestiné la propulsa dans une telle extase qu'elle ne remarqua pas qu'il se dégageait de son étreinte et la relevait. Il la poussait gentiment dans le couloir alors qu'elle recherchait encore les mots pour exprimer ce qu'elle ressentait, la caresse de la peau collée à la sienne. En un clin d'œil, Ange incarna cette vie extraordinaire exigée par la jeune fille. Tiffany avait l'âge de l'absolu impatient, aveugle aux nuances que l'amour demande pour être apprivoisé.

Ange lui appartenait et elle était toute à lui.

La voiture-restaurant

Lorsqu'Ange franchit le seuil de la voiture-restaurant une heure plus tard, cinq cœurs ricochèrent contre la cage thoracique qui les enfermait.

Louis sursauta d'un effroi résigné, Elsa d'une pointe d'intérêt inattendue.

L'incrédulité pétrifia sœur Clémence quand elle se retourna pour connaître la cause de l'illumination du visage d'Héloïse.

Tiffany s'enflamma de voir s'approcher celui qu'elle avait choisi comme âme sœur.

Même le serveur suspendit ses gestes quelques secondes en découvrant le visage angélique, comme modelé par son prénom. La clarté de ses yeux bleus et ses boucles blondes évoquaient un champ de blé sous un ciel d'été, avec la même évidence que ce cliché rebattu. La pureté presque féminine de sa peau semblait l'œuvre d'un peintre de la Renaissance. Des ailes invisibles devaient soutenir un corps si léger qu'il paraissait flotter.

Seule Marjorie, emmurée dans sa lassitude, ignora l'apparition.

Les voyageurs, occupés à distraire une heure de leur périple par un dîner, envahissaient le wagon. Après quelques formules de politesse, le serveur installa donc Ange avec la mère fatiguée et son adolescente revêche : Tiffany vit aussitôt dans cette coïncidence la confirmation de son fantasme. De l'autre côté de l'allée, une autre table resserrait sœur Clémence et Héloïse, Louis et Elsa.

Ange répondait sans y penser au bavardage encombrant de Tiffany. Marjorie profitait trop de cette échappatoire inespérée pour appeler sa fille à plus de retenue. L'inattention d'Ange était manifeste. Il touchait à peine ses couverts, son corps et son énergie entièrement tendus, comme aspirés, par la table de l'autre côté de l'allée.

Effleurée par la diagonale de son regard, Elsa se crut l'objet de sa fascination. Sa poitrine se gonfla de fierté, ses épaules se redressèrent, ses yeux jouèrent sous ses paupières mi-closes la lascive danse de l'esquive. Les nerfs de Louis crissaient sous l'effort pour se contenir. S'il les avait libérés, ses poings auraient barbouillé de rouge cette gueule d'ange, jusqu'à ce que le dégoût efface l'envie du visage d'Elsa.

Sœur Clémence ingurgita deux comprimés. Elle maudissait ce démon de les avoir traquées jusqu'à ce train où elle se croyait sauvée, et le sourire chatoyant d'Héloïse lui donnait envie de pleurer.

L'intensité de l'énergie reliant Héloïse et Ange devint si envahissante que Tiffany s'essouffla de parler seule et émergea de son délire. Avec l'instinct d'une femme amoureuse, elle devina la rivale insoupçonnable sous sa guimpe blanche : ces deux-là se connaissaient déjà, leur histoire avait pris naissance bien avant le départ du train.

Le serveur se dépêcha de débarrasser les entrées pour apporter la suite. Il lui tardait de voir partir ces clients dont le silence l'oppressait chaque fois qu'il devait s'affairer autour d'eux. Mais il eut beau hâter tant qu'il put plat, fromage et dessert, enlevant les assiettes pleines pour moitié, le malaise s'étoffait.

Elsa, déstabilisée par cette indifférence à laquelle elle n'était pas habituée, redoublait d'efforts pour attirer un éclat admiratif, un soupir ému. À ce spectacle, Louis bouillait et s'approchait dangereusement du point d'explosion.

Sœur Clémence aurait pu avaler tout son flacon sans se libérer de la colère qui montait en elle à la vue de ce voleur d'âme, œuvrant sans complexe sous son nez. Héloïse tremblait, déchirée entre deux vocations, devenir l'épouse de Dieu ou celle de l'une de ses créations.

Leur rencontre avait été évidente, inéluctable. Un mur du monastère s'était fendu et menaçait de s'écrouler, un maçon avait été appelé pour refermer la clôture. Ange avait été ce bâtisseur. Son chemin avait croisé celui d'Héloïse et, le temps que le ciment prenne, leurs cœurs étaient scellés l'un à l'autre. Sœur Clémence lisait désormais dans cet éboulement un signe. Dieu mettait à l'épreuve la vocation de sa jeune novice et son devoir était de la sauver de l'amour humain, si éphémère, pour lui conserver l'amour divin, éternel. Partie, enfuie presque, avec ce train qui les menait à Rome, elle avait cru le sauvetage accompli, l'âme d'Héloïse rendue à Dieu.

Elle avait failli.

Sœur Clémence se leva la première, s'excusa auprès de Louis, puis entraîna dans son sillage une Héloïse bouleversée par les pôles opposés qui l'attiraient.

Louis et Elsa abandonnèrent rapidement la nappe à demi débarrassée.

Marjorie suivit, espérant que, lorsque sa fille la rejoindrait, elle serait déjà couchée et endormie, ou feignant de l'être, pour échapper à une énième séance de récriminations.

Tiffany et Ange se retrouvèrent en tête-à-tête.

Ange gardait le silence, plongé dans les délices de sa rêverie : le sourire d'Héloïse avait ranimé un espoir timide mais exalté.

— Tu veux tomber amoureux d'une bonne sœur ?

La question brutale et le ton méprisant lui écarquillèrent les yeux. Arraché à sa bulle, il reconnut vaguement l'adolescente qui s'était cognée contre la porte. Mais impossible de se rappeler son prénom.

— Nous nous aimons déjà, répondit-il d'un ton feutré.

Tiffany s'exaspéra de cette douceur imperturbable.

— Tu vas t'amuser grave, à la mater sans pouvoir la toucher !

Imperméable au sarcasme, Ange songea un instant au toucher de ce corps qu'il aimait sans l'avoir jamais deviné, à la caresse d'une chevelure jamais vue, au frôlement de lèvres qu'il pourrait ne jamais connaître.

Il revint à celle en face de lui, et fut choqué par le contraste. Cette peau exposée à tous, ces formes que les vêtements exhibaient au lieu de les habiller, cette bouche qui paraît son agressivité du gras collant d'un gloss le repoussèrent au fond de sa banquette. Ange espérait approcher le corps qui contenait l'âme tant adorée, comme le cerf-volant apprivoise le ciel, pas tomber dans un lit déjà ouvert. Tiffany était bien trop charnelle et réelle pour un jeune homme aux aspirations si éthérées.

Sans répondre, il se leva et regagna les cabines. Le front collé à la vitre aveuglée par un rideau, il supplia sœur Clémence de lui ouvrir, de les laisser se parler, pour choisir ensemble leur destin. Mais seul le silence de leurs prières lui répondit.

Tiffany

Abasourdie par une telle froideur, Tiffany se résigna à partir elle aussi. En découvrant Ange recroquevillé contre la porte d'une autre, alors que son cœur explosait dans sa poitrine, elle se réfugia dans sa cabine où une veilleuse troublait les ténèbres. Abandonnée à son chagrin par le sommeil de sa mère, elle fondit en larmes aussitôt enfermée.

Ange se détournait d'elle ! Ange lui arrachait son avenir ! Son désamour la condamnait à la même déchéance que cette mère qu'elle méprisait. Elle ne serait pas une femme aimée et amoureuse ! La solitude l'enterrait avant même son premier baiser. De son coup de foudre, il ne restait que des ruines calcinées. Jamais elle ne pourrait aimer à nouveau !

Indifférent, le train poursuivait son chemin. Tiffany pleurait.

Puis une étrange volupté se répandit en elle. Au cœur de la douleur, elle se découvrit le goût de la tragédie : son intensité lui parut digne de la passion convoitée.

Mais l'image de son grand amour agenouillé devant une porte de verre parasitait cet élan. Son beau et grand drame s'essoufflait dans un banal rejet.

Le souvenir du regard qui avait repoussé Ange dans le fond de sa banquette incendia son cœur brisé et le métamorphosa en boule de rage. Ses yeux exprimaient-ils vraiment du dégoût ? Tiffany se releva, se heurtant aux couchettes qui nourrissaient sa colère en l'enfermant si étroitement. Elle devait repousser les complexes que ce regard avait attisés. Car sans le maquillage, sans les vêtements soigneusement choisis, Tiffany redevenait une jeune fille mal dans sa peau, fragile, repoussée.

Marjorie émit un bruit ridicule dans son sommeil, une espèce de grognement, un ronflement sporadique. Il fit flamber la fureur de Tiffany. Elle balança un coup de pied dans le mur. Elle ne se laisserait pas faire comme sa mère !

Un mouvement brusque du train, la cigarette électronique retenue par son câble de rechargement roula sur la tablette. Sur une impulsion, Tiffany fouilla dans le sac de sa mère, trouva un petit flacon de liquide bourré de nicotine. Sa mère l'avait mise en garde contre ses dangers. D'un geste vif, elle attrapa deux petites canettes dans le minibar, en ouvrit une, vida le flacon de poison dedans.

Puis, guidée par la vengeance, elle alla frapper à la porte d'Ange. Il surgit aussitôt sur le seuil, le cœur prêt à s'envoler, s'éteignit en la reconnaissant. Sa déception manifeste aiguillonna Tiffany.

— Je viens m'excuser pour tout à l'heure.

Circonspect, il hocha la tête sans répondre. Elle lui tendit une canette ouverte.

— Je viens trinquer à ton histoire d'amour. Pour te porter chance. Tu veux bien ?

Incapable de résister à ce vœu, il accepta l'offrande. Les surfaces d'aluminium s'entrechoquèrent, tintement étouffé. Ils vidèrent leurs boissons en quelques gorgées, sans échanger un mot. Puis Tiffany récupéra les emballages.

— Bonne nuit.

Elle tourna sur ses talons et disparut aussi soudainement qu'elle était arrivée.

Ange

Ange se tourna vers la fenêtre close par la nuit, son corps et son esprit oscillant à la cadence de l'acier mordant les rails.

L'espoir l'illuminait au souvenir du sourire avec lequel Héloïse l'avait accueilli dans la voiture-restaurant. Le fil tendu entre leurs regards s'était tissé d'émerveillement et de confiance : il était venu, il n'avait pas renoncé à elle.

Puis il sombrait dans le silence qui l'avait ignoré derrière la porte, et sa foi se fissurait.

Il passait d'un état à l'autre.

Mais quelque chose vint perturber ce va-et-vient de métronome. Un trouble étrange, une vilaine sueur, la nausée. Une fièvre frissonnante s'emparait de lui. Ange chancela, palpa ce corps qui lui échappait dans un halètement rauque. Il trébucha jusqu'à sa couchette. Le monde vacillait autour de lui, le rythme syncopé du train claquait ses tympans.

Blême, il s'avachit en tremblant sur l'étroite couche, une douleur effroyable oppressait sa poitrine.

Dans le flou de son martyr, il se persuada qu'Héloïse avait pris sa décision et lui préférait Dieu, que son cœur l'avait perçu et se brisait. Désespéré de la perdre, il accepta que sa vie s'arrête sur ce « non », il préférait mourir avant de l'entendre.

Ange s'abandonna à la souffrance. Les yeux fermés, il dériva, conscient d'agonir, sans regret de quitter cette vie sans elle.

Louis

Elsa faisait sa toilette, la porte ouverte du petit cabinet jetant sur Louis un pinceau de lumière. Il connaissait son rituel par cœur, savait déceler son humeur à ses variations. Ce soir, Elsa penchait vers le frénétique. Elle auscultait son visage, traquant les marques révélées par le démaquillage.

Quel âge avait l'homme du train, ce séducteur de hasard que convoitait sa femme ? Vingt ans, vingt-deux ou vingt-trois peut-être ? La trentaine d'Elsa venait de sonner. Ses artifices ne faisaient plus le poids face à la pureté de celui qui l'avait captivée.

Elle finit par éteindre la lumière, traversa la cabine dans sa nuisette de satin, se pencha pour déposer un baiser distrait sur le front de Louis.

— Je suis fatiguée, je me couche.

Pas de caresses romantiques dans le train de nuit. Elle s'allongea sans un soupir, l'immobilité la figeant aussitôt. Ce n'était pas le sommeil qui la cueillait aussi vite, mais les doutes, l'envie, la rencontre qui peut réécrire une vie.

Louis comprit le pouvoir de la candeur de ces yeux bleus, les devina sur le point de kidnapper sa femme. Il accusait une quarantaine toute neuve, ses rêves s'égaraient vers des silhouettes d'enfants nés de leur fusion. Il affronta à son tour le miroir du cabinet, repéra les premiers fils blancs sur ses tempes, au-dessus de ses traits burinés par le grand air et le travail. Cette gueule d'ange était capable d'enlever toutes les femmes du monde. Lui n'avait qu'Elsa pour faire battre son cœur, il refusait de la perdre !

Il tituba dans le couloir, toqua à la porte du danger sans être tout à fait conscient de ce qu'il faisait, entra sans attendre. Il tomba à genoux, prêt à supplier, marchander, négocier, payer même, pour que l'autre se détourne de sa femme, renonce, lui laisse Elsa.

Ses yeux contemplèrent la silhouette étendue sur la couchette et l'innocence tranquille de son sommeil le révolta. À quelques mètres de là, son Elsa se torturait du temps qui passe et lui, son bourreau, dormait tranquillement. Était-ce la certitude de gagner sans même avoir à combattre qui lui offrait un repos si paisible ?

Louis envia cette beauté immaculée qu'il n'avait jamais possédée. La jalousie resserra son emprise. Elle réveilla en Louis la bête acculée qui crevait à petit feu de la peur de perdre Elsa. La rage guida ses mains jusqu'à l'oreiller, le plaqua sur ce visage trop noble. La pénombre s'agita de quelques soubresauts. Leur faiblesse écœura Louis. Un homme si beau qu'il hypnotisait les femmes n'avait jamais appris à se battre, à résister. Il se laissait voler sa vie avec l'impuissance d'un enfant.

Une minute, peut-être deux, est-ce que l'on compte lorsqu'on étouffe, suffirent à Louis pour ravir cette existence livrée à l'inconscience.

Il prit une grande goulée d'air, se releva et sortit. Il avait éradiqué le danger.

Ange

Le corps d'Ange laissait filer au ralenti les bribes de vie qui lui restaient. Son cœur, percuté par la dose massive de nicotine, battait encore, à regret, une vieille habitude dont il peinait à se défaire.

Son souffle erratique étouffé sous l'oreiller, l'instinct lutta un peu, par réflexe, prit son mal en patience. Il n'était plus à un désordre près.

L'obstacle disparut vite dans le nouvel espace-temps qui rythmait de plus en plus lentement les pulsations de ce corps, comme un diapason dont la vibration s'étire jusqu'à l'arrêt.

Quelque part au fond de son inconscient, Ange dérivait, dénouant un à un les liens qui le retenaient à la vie. Il perçut à peine les échos de cette mort qu'on lui infligeait pour la seconde fois.

Sœur Clémence

Sœur Clémence avait ramené Héloïse dans leur cabine devenue fortin pour parer au plus urgent. Dans l'intimité de cette alcôve, elle avait pris les mains d'Héloïse pour lui faire face, avait sondé le reflet de son cœur dans les prunelles aussi bleues que celle du démon.

Héloïse ne s'était pas détournée. Elle avait livré ses doutes, son cœur qui balançait entre deux amours, deux destins. Certes, ce Dieu immense et Tout Puissant guidait sa vie, et elle lui avait dédié ses dernières années. À l'abri dans l'ombre fraîche de son couvent, elle avait échappé aux turbulences d'un monde trop dur, trop violent, trop exigeant. Avait puisé dans la tendre bienveillance de ses sœurs de quoi compenser tous ses renoncements.

Mais soudain, il y avait eu Ange. Le trouble heureux qui l'avait saisie dès leur rencontre au pied du mur éboulé s'était ému en découvrant son prénom. Dieu, qui présidait aux destinées de tous, lui envoyait-Il un signe ? En suivant son inclination, ne suivait-elle pas les recommandations de l'amour divin ?

Chez Ange, tout la séduisait. Son prénom, la pureté de son visage si semblable au sien, ses regards énamourés qui la frôlaient, la pudeur candide avec laquelle il avait confié ses sentiments.

Elle ne croyait pas aux pièges de la tentation : Dieu était amour et bonté, Il ne s'amusait pas à manipuler Ses créatures en leur préparant des chausse-trappes. Dieu avait-Il placé Ange sur son chemin pour lui montrer une autre façon de Le servir ?

Héloïse et Ange s'étaient rencontrés au pied de ce mur écroulé. Les pierres avaient retrouvé leur place avec une lenteur qui ne comptait pas ses heures. Héloïse n'était pas pressée de trouver une réponse à son dilemme. Elle priait Dieu et apprivoisait une autre idée du bonheur dans les sourires du jeune homme. Elle se laissait porter par les jours, confiante : la Vierge saurait lui montrer la voie du Salut quand viendrait le moment du choix.

Mais sœur Clémence, coutumière des emportements irrévocables, avait paniqué. Elle avait voulu arracher sa novice à l'emprise de l'Homme. En accord avec la mère supérieure, elle avait projeté Héloïse dans ce voyage qui les menait à Rome, au cœur de la foi. Dans l'aura bénie du Vatican, le miracle aurait lieu : Héloïse confirmerait sa vocation et prononcerait ses vœux. Le temps qu'elles reviennent, le mur serait achevé, Ange effacé du couvent, le Mal vaincu.

Sœur Clémence avait péché par orgueil, croyant son plan parfait. Le Malin les avait traquées, incapable de renoncer à une âme aussi lumineuse. En serrant les mains d'Héloïse dans les siennes, en plongeant dans ses yeux dépourvus de défense, sœur Clémence découvrit la vivacité des doutes qui persistaient.

Alors elle recommanda à Héloïse le seul remède qu'elle connaissait : la prière. L'oblat s'y soumit docilement, accepta même sans broncher d'ignorer les suppliques de son soupirant derrière la porte.

Mais sœur Clémence prit conscience que cette soumission apparente cachait une indépendance inflexible. Héloïse suivait tous les conseils, se pliait aux règles et aux rituels, sans jamais se départir de son doux sourire.

Toutefois, en son for intérieur, rien ni personne n'orienterait son choix. Ange pouvait la suivre jusqu'au bout du monde et sœur Clémence l'emmurer dans ses convictions, aucun ne parvenait à l'influencer. Car Héloïse n'écoutait que cette voix dans sa tête, celle qui énonçait clairement ses décisions quand elle était prête. Certains l'auraient appelée instinct, ou libre arbitre. Héloïse lui donnait le nom de Dieu.

En découvrant cette résistance, aussi inébranlable qu'inattendue, sœur Clémence dut renoncer à sauver Héloïse en influençant ou dirigeant ses pensées. Et puisque le salut ne pouvait venir d'Héloïse, il fallait donc qu'il vienne de l'anéantissement du péché.

Cette conviction inspirée saisit sœur Clémence dans l'insomnie qui s'annonça dès qu'Héloïse fut couchée — et endormie, aussi rapidement qu'un chaton fatigué de jouer — et avec la même innocence.

Cette innocence si précieuse, si fragile, sœur Clémence devait la préserver. Elle ne faisait confiance à aucun être humain, pas même elle, pour la protéger.

Déterminée à se sacrifier pour sauver la jeune fille que la Providence lui avait confiée, sœur Clémence vida une boîte entière d'anxiolytiques dans une coupelle, les écrasa jusqu'à les réduire en miettes puis en une fine poussière blanche. Elle utilisa le sérum physiologique destiné à ses yeux, si souvent irrités, pour diluer la poudre goutte à goutte ; elle obtint un liquide laiteux et homogène. Puis, elle fouilla dans la trousse d'Héloïse, en sortit une seringue pour ses injections d'insuline, la vida dans le lavabo et l'emplit de sa mixture.

Silencieuse comme un fantôme, elle se glissa hors de la cabine pour rejoindre la tentation. Une prière aux lèvres, elle injecta le poison dans le bras endormi d'Ange, et ressortit aussi vite.

Tiffany

Les sanglots de Tiffany, étouffés par l'oreiller, finirent par tirer Marjorie du sommeil. Habituée aux rebuffades furieuses de sa fille, elle resta d'abord immobile, craignant le rejet qui blesserait encore une fois sa main tendue. Mais son ventre s'émut de la détresse qui pleurait comme une enfant, et elle se leva.

— Ma chérie ? chuchota-t-elle en glissant une main dans les cheveux emmêlés.

Tiffany sursauta, prête à feuler. Mais le tableau qu'elle découvrit la stoppa : la lumière tamisée de la veilleuse effaçait le temps, les soucis et le chagrin du visage de Marjorie. Elle lui rendait cette maman de l'enfance qui savait soigner tous les bobos et consoler toutes les peines. Elle se réfugia dans ses bras aimants pour y déverser ces passions trop vite flambées, ces déceptions qui juraient d'être définitives, ces envols qui mouraient de s'interrompre.

Les larmes de Tiffany effaçaient peu à peu le maquillage de cette femme qu'elle voulait devenir trop tôt, trop vite. Elles avaient l'acidité de l'incendie qui s'éteint et réalise qu'il a commis l'irréparable, qu'une partie du monde a disparu à tout jamais dans son brasier aveugle.

Dans ce calme après la tempête, Tiffany réalisait l'évanescence de ses coups de sang et de ce cœur soi-disant brisé à jamais qui se recollait si rapidement.

Trompée par ses chimères, elle avait pris une vie.

Louis

Prostré sur sa couchette, Louis observait Elsa endormie avec le détachement effaré d'un homme contemplant un couteau planté dans son ventre. Il avait donc tué pour cette femme ?

À la détailler ainsi, dans la vulnérabilité inquiète de son sommeil, il la trouvait toujours aussi belle. Mais tout à coup, elle ne lui était plus vitale. Il se découvrait capable de pouvoir survivre à l'idée de son départ. Il souffrirait à en crever, d'accord ; mais en mourrait-il vraiment ? Il n'en était plus si sûr.

D'ailleurs, voulait-il vraiment d'une femme ne restant près de lui que faute d'avoir pu trouver mieux ? Ses minauderies du dîner lui apparaissaient dans toute la crudité de leur vulgarité.

Il l'aimait, profondément, d'un bloc, telle qu'elle était. Mais voulait-il l'aimer malgré elle ?

Cette révélation le torturait.

Pour l'avoir reçue trop tard, il avait pris une vie.

Sœur Clémence

Les tremblements violents qui forçaient sœur Clémence la torturaient, incoercibles. Il lui fallut plusieurs essais pour parvenir à ouvrir une nouvelle boîte et avaler un comprimé. Elle pria Dieu de la soutenir dans cet effondrement en attendant son miracle pharmaceutique. Mais les minutes s'écoulaient, et ni Dieu ni la science ne venait à son secours.

Elle tendit de nouveau la main vers sa bouée de secours, suspendit son geste. Son corps se figea, comme pour faire silence et laisser place aux pensées qui émergeaient.

Combien de comprimés gobés ces dernières années ? Combien de questions étouffées par la chimie ? Depuis quand la science avait-elle suppléé aux défaillances de sa foi ? Car c'étaient bien ses doutes, sa vocation ébranlée qu'elle tentait ainsi d'ignorer.

Elle revint aux heures d'avant. Avant le médecin, la première ordonnance. À ce vide qu'elle avait ressenti sous la voûte de la chapelle, face à une statue. Soudain, elle n'avait plus vu en elle que le souvenir d'un homme torturé par ses semblables, sacrifié à l'intolérance. Un homme qui méritait sa compassion pour son martyr, mais qui n'était rien d'autre que ça : un homme.

Si Dieu existait selon la Bible, aurait-il vraiment pu abandonner Son propre Fils ? Dans quel but ? Qu'avait apporté aux hommes ce sacrifice, si ce n'est des guerres, des persécutions, des tortures ? Durant des siècles, cette entité et son Fils avaient semé violence, souffrance, haine. Et pour l'aimer, elle devait renoncer à tout, se consacrer à l'exclusivité d'un amour muet, à sens unique ? Si elle avait eu un fils, jamais elle ne l'aurait abandonné. Elle l'aurait chéri et protégé.

Le vide de ses bras qui ne tiendrait jamais d'enfant lui avait soudain paru insupportable. Il fallait le combler, l'effacer, l'oublier. Le médecin l'avait exaucée, il avait réduit l'incompréhension au silence.

Mais dans la pénombre de cette cabine qui filait vers le Vatican, construit sur autant de foi que de sang, elle réalisa que le vide persistait, tapi derrière la chimie. Muselé, mais vivant.

Pour sœur Clémence, il était trop tard. Le temps avait blanchi ses prières, stérilisé ses alternatives. Mais pour Héloïse ? Elle s'approcha de la couchette où sa protégée dormait paisiblement, caressa les cheveux qu'un souffle humide frisottait sur les tempes.

Était-ce vraiment ce qu'elle voulait pour cette enfant, une erreur devenue irrévocable, une douleur mal contenue par des sortilèges ?

Sœur Clémence tomba à genoux, pleurant en silence cette liberté qu'elle avait voulu anéantir. Son existence suffirait-elle à accomplir sa pénitence ? Elle avait pris une vie.

La voiture-restaurant

Le serveur accueillit ce matin-là six êtres bien différents de la veille. Jamais il n'avait vu une simple nuit transformer autant des voyageurs.

L'homme robuste et lourd de colère rentrée avait comme rapetissé. Le corps de Louis avait abandonné toute résistance. Il paraissait ouvert à tous les vents, prêt à accueillir ce qui viendrait, quelle qu'en soit la nature. L'énergie qui l'habitait avait fondu. Il retenait des larmes empoisonnées de remords.

La femme aguicheuse qui l'accompagnait avait elle aussi mué. Le maquillage allégé flattait une beauté plus naturelle. Sa séduction provocante s'était évaporée, une tendresse nouvelle adoucissait ses traits. Elle se pencha par-dessus la nappe, posa sa main sur celle de Louis.

— Tu n'as pas faim ?

Il fit non de la tête sans prononcer un mot. Elle resserra son étreinte, murmura.

— Je veux un enfant de toi.

Ahuri, il la dévisagea, découvrit la douceur dont elle l'enveloppait. Jamais, même au plus fort de la passion, elle ne l'avait contemplé avec autant d'amour dans les yeux. Elle lui offrait enfin ce qu'il espérait depuis si longtemps. Mais pouvait-il encore l'accepter, maintenant qu'il avait tué ?

Il cacha son visage dans ses mains et pleura.

Tiffany parut en sweat à capuche et jean, son visage enfantin renfrogné. La lumière du jour avait rendu à Marjorie les marques gommées par la pénombre. Mais ce matin-là, elles attendrirent sa fille. Elle reconnaissait aujourd'hui au stoïcisme de sa mère une dignité ignorée jusqu'à cet instant. Certes, elle avait été quittée pour une autre. Mais après quelques jours de débâcle, elle s'était relevée. Elle avait recommencé à se laver, se maquiller, travailler et prendre soin de sa fille. Tiffany avait vu l'inertie de la femme bafouée, pas la force de la blessée debout. Ce matin, elle regrettait amèrement son aveuglement. Si elle avait compris plus tôt la noblesse de l'acceptation de sa mère, le cauchemar de cette nuit n'aurait pas eu lieu.

Quand Marjorie sortit sa cigarette électronique, elle frissonna d'horreur. Sa mère se redressa soudain, adressa un sourire décidé à sa fille.

— Je dois t'avouer quelque chose. Tu voulais l'Italie, je ne t'emmène pas à Rome par hasard. Un fournisseur de ma boîte y vit.

— On y va pour ton travail ? hallucina Tiffany.

— Pas vraiment, hésita Marjorie. Depuis quelques semaines, nos échanges ont… évolué. Alors je me suis dit que ton rêve était l'occasion de le rencontrer. Je suis désolée de ne pas te l'avoir dit plus tôt. J'avais peur que tu refuses. Que tu cries encore.

Hébétée, Tiffany fixa le visage rayonnant de sa mère. Elle avait été brisée, s'était reconstruite, avait rebondi. Sans blesser personne. Elle, elle avait tué.

Tiffany s'enfouit sous sa capuche et pleura.

Sœur Clémence entra à la suite d'Héloïse, traînant une mine lugubre. Son teint verdissait de tous les péchés du monde. Elle but un peu de thé, sans rien avaler d'autre. Le remords la nourrissait.

Pas une fois elle ne porta sa main à sa poche pour en tirer un comprimé. Elle acceptait d'avance tout ce qui arriverait. Méritant le pire, elle ne craignait plus rien.

Avant de sombrer dans l'indifférence qui la couperait définitivement du monde, il lui restait une dernière chose à faire. Elle se pencha vers Héloïse et chuchota :

— J'ai eu tort de vouloir forcer ton choix, mon enfant. Dieu ne réclame aucun sacrifice imposé. Suis ton âme, et ton bonheur sera le Sien.

Héloïse étreignit les vieilles mains ridées.

— Merci, ma sœur. Cette nuit m'a apporté la réponse que j'attendais. Je servirai mieux ma foi en apprenant à nourrir et soigner l'amour qu'Il m'a envoyé. Je craignais votre réaction, mais me voilà rassurée par votre tendresse. Je vais épouser Ange comme il me l'a demandé avant notre départ !

Ces mots terrassèrent sœur Clémence. Elle avait ôté à cette jeune femme qu'elle aimait tant l'avenir qui lui revenait.

Elle se réfugia derrière sa guimpe et pleura.

Désemparé, le serveur errait entre les tables qu'une étrange ligne coupait en deux. À sa gauche, tous pleuraient. À sa droite, tous rayonnaient. D'autres clients l'attendaient en amont de cette faille, mais il peinait à s'arracher à son mystère. Il attendait le septième homme, celui qui les avait rejoints la veille, les mettant tous en émoi.

Le train avalait les kilomètres, et un ange se faisait attendre.

Ange

L'apparition d'Ange sur le seuil de la voiture-restaurant foudroya trois meurtriers.

Il s'était éveillé tard, tout surpris d'avoir survécu à la douleur de son cœur brisé. Il se sentait nauséeux et courbatu, épuisé et groggy, mais bel et bien vivant.

Malgré son état déplorable, il décida de se rendre au petit-déjeuner. Son chagrin, qu'il devinait inconsolable, lui ôtait toute faim. Mais sa langue se gonflait de soif et il tenait peut-être sa dernière chance de contempler le visage de son grand amour.

Il s'habilla à tâtons. Chaque geste emprunté et laborieux lui paraissait la preuve que plus jamais il n'aimerait comme ça, car jamais une souffrance morale ne l'avait mis dans un tel état. Il s'attendait à rester ainsi jusqu'à la fin de sa vie, essoufflé et comme handicapé. Il remonta le couloir en titubant, ses jambes cotonneuses le soutenant à peine.

Son cœur endolori s'emballait, ralentissait, se remettait en route. Mais il battait, et Ange trouvait déjà surprenant qu'il accomplisse son travail comme il pouvait en étant brisé. Devait-il lire un message dans ce miracle ?

Son éternel optimisme s'ébroua, pointa le bout de son nez sous les décombres, jaillit au grand jour quand le regard d'Ange croisa celui d'Héloïse.

Car un tel regard ne pouvait être qu'un oui, n'est-ce pas ?

Le quai

Sur le quai de la gare de Rome, les bagages furent descendus, des roulettes crissèrent sur le bitume.

Tiffany entraîna sa mère aussi vite que possible. Après avoir cru à une hallucination, elle avait décidé que la nuit entière n'était qu'un cauchemar. Un cauchemar dangereux qui ressemblait à un avertissement.

Plus jamais elle ne se laisserait prendre au piège des apparences. Tiffany fuyait vers ce qu'elle espérait être plus de sagesse.

Louis, profondément ébranlé, se mouvait avec des gestes lents. Il ne voyait qu'une explication : écœuré et pressé d'en finir, il avait enlevé l'oreiller trop vite, et l'instinct de survie ancré dans le corps de tout être vivant avait pu inspirer l'oxygène salvateur. Pour la première fois de sa vie, il se félicitait d'avoir bâclé une tâche.

Il hésitait encore à croire au bonheur qui adoucissait les yeux d'Elsa et les rendait aveugles à tous les hommes alentour. Réaliser qu'il avait été prêt à tuer pour elle lui permettait aujourd'hui de l'aimer autrement. Il savait désormais que si elle le quittait un jour, il souffrirait à en crever. Mais il survivrait.

Il empila leurs valises, elle s'accrocha à son bras.

– Promis, mon Louis, la prochaine fois, je voyagerai plus léger.

Il eut un sourire indulgent et espéra que, la prochaine fois, ils seraient encombrés d'encore plus de valises – et d'un bébé.

Sœur Clémence, son petit sac de cuir serré contre son ventre, regarda s'éloigner Ange et Héloïse, après les avoir embrassés et bénis.

La situation était très claire pour elle. Dieu avait eu pitié de sa perdition et l'avait secourue. Non seulement Son miracle avait restitué un Ange vivant à Héloïse, mais il lui avait rendu sa foi.

Sœur Clémence était de nouveau pleine de l'amour divin, et sa vie emplie de Sa lumière.

Ange et Héloïse

Ange et Héloïse avançaient à petits pas prudents vers la vie qu'ils avaient choisie. Héloïse soutenait le pas chancelant de son grand amour, émue de le voir si fragilisé par la peur de la perdre.

Dans l'organisme d'Ange, le tumulte s'apaisait peu à peu. Les benzodiazépines des anxiolytiques achevaient de nettoyer le tsunami de nicotine qui avait failli entraîner la rupture du muscle cardiaque. Celui-ci gardait encore des lésions, aurait peut-être même des séquelles. Mais l'antidote involontairement administré l'avait sauvé.

Héloïse marchait aux côtés d'Ange. Jamais cet homme, tué trois fois, ne s'était senti aussi vivant.

Diplômée de l'École du Louvre, Émilie Riger a pratiqué de multiples métiers ; son écriture se nourrit de ces univers.

Ses romans contemporains et ses nouvelles ont remporté plusieurs prix : Prix Femme Actuelle du roman Feel Good 2018 (*Le Temps de faire sécher un cœur*), Prix de la Nouvelle Quais du Polar (*Maux comptent triple*), Prix de la nouvelle du Rotary Club de Bourges (*Instant d'éternité*).

Elle anime depuis maintenant six ans de nombreux ateliers d'écriture. Convaincue que l'écriture est porteuse d'empathie, de magie et de rencontre, elle a présenté en 2021 dans un TeDx à Orléans sa vision de l'écriture dans une intervention appelée « L'écriture re-créative » (captation disponible sur YouTube).

Les Parures de Paris, disponible chez Jeanne et Juliette et Pocket, vous emporte dans le Paris de Victor Hugo et Alexandre Dumas, sur les traces d'une bijoutière déterminée à créer – à tout prix.

UN AGENT TRÈS SPÉCIAL

Rosalie Lowie

Cette nouvelle mission sentait le piège à plein nez. Néanmoins, comme chaque fois, l'adrénaline circulait dans l'enchevêtrement de ses veines, mêlant bouffées de chaleur et explosions stimulantes. Berti ne savait dire si l'excitation préalable l'emportait à l'angoisse de la réalisation où chaque instant devait s'emmancher sans accrocs.

Le même rituel s'était déroulé.

Un premier SMS l'avait averti de l'imminence de l'opération. Deux semaines auparavant. Laconique, il disait :

« Tenez-vous prêt ! »

Bah… La bonne blague, il était toujours prêt !

Puis, trois jours après, un second SMS, tout aussi succinct, lui avait indiqué de surveiller sa boîte aux lettres. Depuis, une irrésistible attraction l'aimantait vers le hall d'entrée et l'alignement mural de mini-caissons munis de fentes où s'enfournaient missives et prospectus de toutes sortes, malgré les autocollants affichant « Pas de pub SVP ». Il ouvrait alors sa boite, tendait le cou, vérifiait, puis la refermait en soupirant.

Ce jour-là, Berti sortit à 5h15 de son appartement, au troisième étage de l'immeuble parisien où il habitait, après s'être assuré que la voie était libre, préférant l'escalier usé au vieil ascenseur grillagé. Il descendit, le pas feutré, prenant soin d'éviter les couinements intempestifs du bois.

Un bout de papier roulé, maintenu fermé par une fine cordelette, gisait au fond de sa boite aux lettres.

Son cœur s'accéléra, son visage s'empourpra d'une violente chaleur. Inquiet, Berti jeta un œil autour de lui, personne ne l'observait.

Il était aussi seul que cette chose intrigante dans l'écrin métallique.

À cette heure matinale, en dehors de Madame Andrez qui embauchait à 6h00 à l'autre extrémité de la capitale française pour sa journée de ménage dans le gratte-ciel d'un siège social, il n'y avait pas âme qui vive, juste le silence des dormeurs au terme de leur cycle de sommeil.

Et à 5h15, Madame Andrez était déjà partie. La vie âpre de cette femme ronronnait une triste mélodie millimétrée. Du lundi au vendredi, elle quittait son studio, niché sous les toits, à 5h00. Des extras le samedi lui permettaient d'améliorer les fins de mois ou de se faire plaisir. Une fois dans la rue de Charonne, au beau milieu du 12e arrondissement, elle arpentait le Faubourg Saint-Antoine, s'engouffrait dans le métro Bastille. Une quinzaine de stations plus loin, sur la ligne 1 direction l'ouest, la silhouette emmitouflée, elle ressortait d'une bouche souterraine à l'esplanade de la Défense puis, de son pas pressé, foulait encore le bitume pendant vingt minutes. Elle passait la porte de service du gratte-ciel de verre, sans un mot, enfilait sa tenue de travail, poussait son chariot dans les couloirs et les ascenseurs, nettoyait, astiquait, faisait briller avant l'arrivée déferlante des cadres parisiens.

Alors, à 5h15, Berti avait toutes les chances de jouir d'une parfaite tranquillité dans l'entrée de l'immeuble.

Il saisit le bout de papier et referma la boite aux lettres.

La respiration suspendue, il dénoua la cordelette, la feuille se déroula. À l'encre noire, quatre mots griffonnés lui apparurent :

« Brasserie Rosie, table 8 »

Il remonta chez lui, perplexe, puis décida de s'étendre sur le lit pour mieux réfléchir à tout cela, donner de la perspective, coller ses pensées au plafond et les agencer comme les pièces d'un puzzle. Cet endroit lui disait quelque chose. Il avait dû passer devant sans y prêter plus attention.

*

À 8 heures, après avoir bu un mug de lait demi-écrémé, avalé une tartine beurrée, Berti décida de se rendre sur place. Vêtu de noir, un classique permettant de passer inaperçu, il se dirigea vers la Brasserie Rosie. La démarche affutée et l'air revêche de celui qui sait l'heure grave.

En pianotant sur son téléphone, l'emplacement s'était dévoilé, 53, faubourg Saint-Antoine, à un jet de pierre de chez lui.

La façade marron, mélangeant métal et verre, exhalait le charme des estaminets parisiens. Une poignée d'habitués, agglutinés au comptoir du bar devant cafés et croissants, commentaient mollement les dernières actualités, sans lui prêter attention.

Berti pénétra, observa les lieux, la décoration, s'imprégna de l'atmosphère feutrée de ce début de matinée. La senteur de l'aube engourdie qui s'étirait lui chatouilla les narines, avec ses promesses renouvelées.

Une jeune serveuse aux cheveux noués en chignon flou le salua d'un haussement de sourcil.

— Bonjour, la table 8 s'il vous plaît ?

— C'est celle au fond à gauche.

Elle ajusta son tablier tout en esquissant un sourire poli.

— Qu'est-ce que vous désirez ?

— Un chocolat chaud, mademoiselle.

— Autre chose ?

— Non merci.

Elle s'attarda un instant alors qu'il l'avait déjà oubliée, absorbé par sa mission, puis s'éloigna.

Berti s'approcha, scruta l'emplacement, près d'un miroir rectangulaire qui recouvrait un pan de mur. Les clients au comptoir s'y alignaient de dos, dans le bruissement de leurs discussions, alors que la serveuse s'activait à lui concocter sa commande.

Que devait-il chercher ?

Il n'en avait aucune idée, mais l'excitation grandissait sous sa poitrine.

Il s'assit. Subitement engoncé dans sa solitude, il croisa les jambes afin de prendre une attitude détachée et se forger une contenance incisive. Le sourcil accroché à un clou invisible sur le front lui conférait un air revêche, peu engageant. Son genou supérieur ne passait pas sous la table bistrot, il força pour le glisser en dessous. Il couina de douleur. Un truc pointu s'accrocha au tissu de son pantalon et s'enfonça dans le gras de la chair, à la jonction de la rotule.

Il blêmit.

Une évidence le foudroya.

Quel abruti !

La réponse était là sous la table.

D'une main délicate, Berti inspecta l'envers, espérant ne pas tomber sur un vieux chewing-gum dégueu aplati par un client irrespectueux des règles de bienséance.

Ses doigts butèrent sur un objet dur entortillé dans un plastique et scotché.

C'était sa veine, son jour de chance. Dénicher aussi vite et sans avoir à réfléchir, Berti esquissa un sourire mi-satisfait, mi-attrapé. La suite ne lui serait sans doute pas servie sur un plateau, il allait devoir se reprendre et booster ses neurones.

Il décrocha l'objet, l'ôta de son emballage et l'examina dans le creux de sa main. Il s'agissait d'une petite clé, en métal gris clair, plutôt basique. Vu le format, elle devait ouvrir un casier ou un cadenas.

Encore bien des mystères entouraient cet indice et son usage. Berti devait s'armer de patience et attendre la prochaine étape. L'habitude lui cousait une carapace de flegme très utile. Il avala son chocolat chaud, paya à l'aide d'une poignée d'euros, et repartit dans sa journée hivernale.

*

Deux jours après, une enveloppe glissée sous la porte d'entrée de son appartement annonçait :

« Samedi, Paris Nord 21h50
Lille Flandres 23h06, voiture 8, place 52 »

Elle contenait un billet de train.
On était samedi !
Plus de temps à perdre, Berti devait se hâter, boucler une valise avec des vêtements pour un jour ou deux, peut-être davantage. Les températures froides qui s'accentuaient lui imposaient d'être prévoyant. Il arriverait tard sur Lille, impossible de faire le voyage retour dans la foulée. Au mieux devrait-il attendre le petit matin et rebrousser chemin.

Parmi ses nombreuses qualités d'agent secret, il y avait la discrétion, savoir passer inaperçu, se faire oublier d'un claquement de doigts. L'obéissance patiente aux ordres distillés au compte-gouttes était aussi essentielle. Ne pas s'agacer de découvrir les informations au fur et à mesure, de ne pas tout comprendre en une fois, d'être en quelque sorte manipulé par une tierce personne qu'il n'avait jamais rencontrée. L'efficacité impliquait néanmoins un sens aigu de l'analyse et de l'observation, couplé à une bonne résistance au stress. Bien évidemment, des aptitudes physiques à toute épreuve étaient requises, entretenues par ses leçons de boxe française, et des résultats s'imposaient en bout de course.

C'était le prix à payer afin de se voir renouveler la confiance de son supérieur. Ils ne se connaissaient pas. Les échanges s'effectuaient à chaque fois par messages.

Tout de noir vêtu, toujours son bagage à la main, Berti prit l'ascenseur. Une rousse d'une quarantaine d'années, un foulard noué sur la tête, des lunettes fumées vissées sur le nez, s'engouffra derrière lui au moment où il refermait la grille.

Hum… Il lui semblait l'avoir déjà vue.

En silence, sans un regard, l'apesanteur les tracta vers le sol.

Dehors la nuit tissait sa toile sur les toits de Paris. Les lampadaires crachaient leur halo, les fenêtres des immeubles s'allumaient, les phares des voitures scintillaient sur le bitume, les décorations de Noël crépitaient dans le feuillage des arbres, s'enroulaient autour des troncs, s'effilochaient en guirlandes au-dessus des avenues. L'hiver jetait sa noirceur, l'entremêlant aux températures glaciales. La neige n'était pas loin de fleurir le ciel étoilé. Les passants emmitouflés marchaient vite sur les trottoirs, indifférents à l'agitation, recroquevillés sur leurs préoccupations et le fil invisible de leurs existences.

Berti enfila son bonnet, ferma son épais blouson, remonta son col et s'engouffra dans les artères parisiennes. Il descendit la rue Charonne, bifurqua sur le Faubourg Saint-Antoine, attrapa le métro station Bastille, puis prit la ligne 5 en direction de Bobigny qui desservait la Gare du Nord.

Une fois parvenu à la gare, il observa autour de lui. Les quais n'étaient pas bondés, normal en cette fin de samedi à l'approche des fêtes. Cependant, Paris restait immuable et vivant. Il y avait toujours du monde, des âmes perdues qui faisaient la manche, des travailleurs de la SNCF avec un gilet rouge, des voyageurs en transit, en attente de leur train, des individus plantés sous le panneau des arrivées, venus en chercher d'autres, des Parisiens, des banlieusards, des provinciaux ou des étrangers.

Berti vérifia que son train n'annonçait pas de retard. Il fut soulagé de constater que celui-ci attendait en bout de rail son lot de passagers pour les conduire jusqu'au prochain terminus.

Sans plus attendre, Berti se dirigea vers l'embarquement, montra son billet aux contrôleurs. Il n'eut pas à marcher beaucoup, la voiture 8 se situait au début. Il grimpa les deux marches métalliques et s'engouffra dans le couloir, fouilla des yeux les numéros sur les dossiers de sièges. Le 52 était une place solo. Ravi, il effectuerait le trajet sans s'embarrasser d'un voisin bavard ou d'une paire de jambes encombrante en vis-à-vis.

Avec un soin frôlant la maniaquerie, il retira son couvre-chef, son blouson, les plia puis les glissa dans le compartiment supérieur. Il observa son emplacement, sous toutes les coutures, passa les doigts en dessous du siège, sur les côtés, derrière. Rien. Il n'y avait rien cette fois.

D'une moue fripée, il ponctua son désappointement, avant de s'assoir.

Dans le wagon ils étaient seulement six, éparpillés. Un couple, un jeune homme, une dame âgée et une rousse… encapuchonnée dans un sweat foncé qui laissait juste dépasser des mèches sur ses épaules, mais à bien y regarder, elle avait des airs de ressemblance avec celle qui avait pris l'ascenseur en sa compagnie dans son immeuble.

Étrange coïncidence qui au final ne pouvait en être une.

Il grimaça.

Se pouvait-il qu'il soit suivi ?

À moins que ce ne soit un autre agent qui filait la même piste ?

Ou bien alors, s'agissait-il d'un contact susceptible de révéler un nouvel indice ?

Berti chercha un bref instant à accrocher son regard pour y discerner une confirmation de quelque nature que ce soit, mais l'absence voilait son teint. Elle offrait l'apparence d'être absorbée par ses pensées ou ses soucis. Par ailleurs, elle lui paraissait éloignée des personnes qu'il était parfois amené à côtoyer dans ses opérations secrètes. Peut-être n'était-ce que le truchement du hasard…

Le ronronnement du train le berçait depuis plus d'une heure. Ses yeux peinaient à déchiffrer les phrases qui noircissaient les pages jaunies de son vieux San Antonio. Un livre fétiche, le premier roman policier interdit lu en cachette dans sa jeunesse, que depuis il emportait avec lui à chacune de ses missions, comme un grigri porte-bonheur.

Il était hors de question de s'assoupir. Ce n'était pas un train de nuit, mais à cette heure tardive, il s'avérait difficile de résister à la fatigue et au sommeil.

De l'index, Berti se frotta les yeux, cala sa tête en arrière et la bascula sur le côté. Son reflet dans la vitre lui sourit. La noirceur du ciel défilait et l'engloutissait à toute allure avec ses flashs lumineux, intempestifs et récurrents. C'était désagréable. Il allait tirer le rideau quand il aperçut un bout de papier qui dépassait d'à peine un centimètre. Il tenait à l'aide d'une épingle à nourrice dans le tissu. Il le décrocha.

L'adrénaline enflait, lui piquetait les chairs, dressait le fin duvet sur ses avant-bras. Il vénérait ces instants fugaces, mais précieux où, sur le point de détricoter une énigme, il retenait sa respiration.

Il s'assura une énième fois que personne ne l'observait. La rousse, dans son champ de vision, dormait depuis le départ, la bouche entrouverte sur un léger ronflement. Tout comme le type, un bandeau noir sur les yeux. Le jeune homme dodelinait sa tête chevelue en rythme avec la musique que déversaient les gros écouteurs sur ses oreilles. Le couple parlait de projets de vacances, tout en se tripotant. Ces derniers devaient être ensemble depuis peu, épris à n'en point douter, ils ne trouveraient pas le sommeil avant une nuit d'amour.

Il déplia le papier.

« Consigne 21 »

D'une main agile, Berti entrouvrit sa valise, en sortit une pochette en cuir. À l'intérieur, la clé, le précédent bout de papier, la consigne « Brasserie Rosie, table 8 ». Il y glissa le nouvel indice aux côtés des autres.

Il avait mémorisé le numéro.

Un frémissement se fit sentir dans le wagon alors que le contrôleur annonçait au micro l'arrivée imminente en gare de Lille Flandres. Sa montre affichait 23h04. Aucun retard. Parfait. Les passagers s'agitaient, se redressaient, se couvraient pour affronter le froid de la capitale nordiste, se dispersaient à chaque extrémité de la voiture rejoindre les sorties.

Une fine poudreuse nappait les quais, des flocons voletaient sous les éclairages.

Berti s'emmitoufla à nouveau chaudement. Son bagage à la main, il descendit du train et se dirigea d'un bon pas vers les entrailles de la station. Un vent glacial lui fouettait les joues et le bout du nez. Ses lèvres recrachaient une brume blanchâtre, au rythme de ses foulées. La température accusait une paire de degrés en moins qu'à Paris.

Au bout des rails, des panneaux indiquaient les différentes options : la bouche de métro, la place de la gare, la rue Tournai, l'avenue Willy Brandt. Il en cherchait un lui signalant l'emplacement des consignes. Sur la gauche, près des guichets déserts, il aperçut une pièce aux portes vitrées qui laissaient transparaître un alignement de casiers métalliques. Personne à l'intérieur.

Berti y convergea, l'allure pressée, sans prêter attention aux rares voyageurs et SDF qui trainaient dans cette zone. Absorbé par son objectif et l'heure tardive qui commençait à décupler la fatigue. Il dormait mal ces derniers temps, depuis le premier SMS qui lui ordonnait de se tenir prêt. Des nuits trop courtes, hachées, des réveils en sursauts, des lenteurs le faisant sombrer à nouveau. L'épuisement se diffusait en lui, ankylosant ses membres, floutant ses yeux, engourdissant ses neurones. S'il n'y avait eu l'excitation de la mission, il se serait écroulé dans un lit. Mais impossible, il se ressaisit.

Il actionna la porte constellée d'empreintes digitales graisseuses. Les gongs raides coinçaient, il força pour l'ouvrir. Les consignes numérotées, qui tapissaient les murs, étaient peu utilisées. Il s'approcha après avoir repéré le 21. Fermé. Forcément, songea-t-il.

Se munissant de sa pochette en cuir, il attrapa la clé découverte à la Brasserie Rosie, l'introduisit dans la fente de la serrure. Bingo ! Elle s'insérait pile-poil. Il la fit pivoter vers la gauche une fois, puis une deuxième jusqu'à ce qu'un cliquetis métallique confirme l'ouverture du casier. Il tira vers lui le volet. Une boite rouge en bois laqué de motifs chinois apparut.

Le cœur haletant, il prit une profonde inspiration, saisit l'objet rond de quinze centimètres de diamètre. Le couvercle se dévissa sans difficulté. Berti écarquilla de grands yeux impatients sur ce qui trônait au fond de la boite tapissé d'une feutrine délicate.

Une photo polaroid d'un ancien bureau secrétaire d'époque Louis XVI, en marqueterie acajou, fermé d'un abattant. Il avait déjà vu ce style de meuble quelque part. Il allait devoir mobiliser ses souvenirs.

Un coupon jaune, de la taille d'un ticket de cinéma, afin de prendre un taxi. Bizarre ?! Ce genre de billet n'existait pas, enfin à sa connaissance. Mais pas d'autres choix que d'accepter les indices tels qu'ils lui jaillissaient entre les mains.

Une piécette en plastique bleue, comme celles permettant de déverrouiller les caddies au supermarché, légèrement plus grande qu'un euro.

Berti soupira en emportant la boite et ses trésors. Son cerveau s'amollissait. À présent, la faim supplantait la fatigue, le tiraillait, altérait ses facultés physiques et intellectuelles. Il devait avaler quelque chose. Les crampes d'estomac lui rappelaient que son dernier repas datait du matin.

*

Minuit approchait, Berti sortit de la salle des consignes. Un courant d'air glacial soufflait. Il se mit à arpenter le hall de la Gare Lille Flandres à l'affût de nourriture. Une odeur d'urine emboucanait les moindres recoins. C'en était écœurant. Un homme dormait sur des cartons posés à même le sol, contre un mur. Son chien malingre allongé contre son flanc. Ils profitaient de leurs chaleurs corporelles. Des agents de sécurité déambulaient, indifférents à leurs présences d'ordinaire interdites en ce lieu. Mais les températures extrêmes rebattaient les cartes et permettaient de les laisser s'abriter.

Tout était fermé. Berti fulminait.

Il ne restait plus que les distributeurs automatiques de sandwichs ou friandises. Il grimaça, mais se résolut à prendre n'importe quoi afin de se sustenter. Des barres de céréales chocolatées feraient l'affaire. Il mit l'appoint dans le monnayeur. Son encas dégringola dans la trappe. Il s'en saisit avec appétit et le dévora en trois bouchées.

À côté, Berti aperçut un vieux distributeur de bonbons. En plastique rouge. Des boules multicolores s'entassaient dans les réceptacles. La saveur du sucre le fit saliver, il s'approcha. Deux euros étaient nécessaires pour obtenir une confiserie.

Alors qu'il prenait son porte-monnaie, il songea à la piécette bleue dénichée précédemment. Cela valait le coup d'essayer. Ravi de sa trouvaille, il l'inséra dans la fente métallique prévue à cet effet. Elle rentrait dans le logement, sans forcer. Il fit pivoter la manette sur le côté d'un quart de tour et libérera le bonbon. Un bruit sec confirma que cela avait fonctionné.

Berti prit la sucrerie et l'enfourna sur sa langue. Un bonheur intense le traversa. Il soupira de délice.

Soudain, il sursauta, une autre boule tomba, non comestible.

Les deux sphères étaient emboitées. Entre son index et son pouce, il appuya et désunifia l'ensemble. Une bandelette de papier, d'une dizaine de centimètres de longueur, se déroula. À l'encre rouge était écrit :

« La difficulté attire l'homme de caractère,
car c'est en l'étreignant qu'il se réalise lui-même »
- Charles de Gaulle -

Agacé par cette énième énigme, Berti remisa sa réflexion à plus tard tout comme le papier dans sa pochette en cuir. Repu mais gagné par le sommeil, il jugea plus sage de trouver un endroit pour la nuit.

Il s'apprêtait à sortir sur le parvis de la gare. Pris de remords, il acheta un sandwich dans le distributeur, s'approcha du SDF. Sur ses gardes, ce dernier l'observait. Surpris, il accepta et bredouilla un merci entre ses dents clairsemées.

Le sentiment d'avoir fait une bonne action, Berti quitta le hall.

Secoué par le froid, il grelotta.

Les lumières de la ville éclairaient un ciel d'encre, qui saupoudrait un mouchetis neigeux.

Il avança au hasard.

Où allait-il dormir ?

Il n'avait pas pensé à ce détail qui n'en était pas un, porté par les directives de sa mission et l'idée qu'il n'effectuerait qu'un bref aller-retour.

Il lui fallait trouver une solution. Heureusement, il avait pris avec lui un peu d'argent en espèce pour gérer le tout-venant. Un hôtel près de la gare ? Cette idée ne lui plaisait qu'à moitié, mais s'avérait pratique. Des enseignes scintillaient sur la gauche, vers la rue de Tournai. Il en choisit une au hasard, à l'apparence correcte et qui ne s'apparentait pas à un établissement de seconde zone.

Alors qu'il marchait vers l'hôtel Ambassadeur, Berti remarqua une voiture arrêtée le long de la chaussée. Une affiche « taxi » collée sur la vitre arrière en lieu et place du rectangle lumineux habituel fixé sur le toit. Le conducteur agitait une main gantée dans sa direction. Étrange. Il s'approcha, le chauffeur n'était autre qu'une femme. Des boucles de cheveux roux s'échappaient d'un gros bonnet à pompon et rebondissaient sur ses épaules. Bordel ! Il plissa les yeux, effectua la mise au point. Plus aucun doute ! C'était la même personne que celle de l'ascenseur de son immeuble et du wagon. Suspicieux, il s'arrêta devant la portière. Elle devait être un maillon clé dans l'opération. Devait-il s'en inquiéter ? En avoir peur ? Était-ce une difficulté qu'il devait étreindre ? Il n'eut pas le temps de s'interroger.

D'un sourire poli, elle lui ordonna de monter à l'arrière. Vite.

Berti s'exécuta, poussant sa valisette devant lui. Mu par un soudain sentiment indescriptible qui lui dictait de lui faire confiance.

Dans le véhicule, elle se retourna vers lui. Une toque à fourrure lui recouvrait les paupières et une épaisse écharpe lui mangeait le bas du visage. Seuls ses yeux et son nez rougi par le froid lui apparaissaient, lui conférant une auréole de mystère.

— Vous avez quelque chose pour moi logiquement ?

Surpris, il resta bouche bée puis, d'instinct, se ressaisit et extirpa le ticket jaune pour un taxi de sa pochette en cuir. Il lui tendit, d'un air interrogateur.

Satisfaite, elle prit le billet, se repositionna dans le sens de la marche et démarra le moteur.

— Où allons-nous ? bredouilla Berti soupçonneux.

— Dans le Vieux Lille, 10 rue Saint-Jacques. C'est à une dizaine de minutes. Il s'agit du lieu du rendez-vous. Mais avant, nous devons faire un arrêt à un endroit bien précis dont vous seul avez l'adresse.

— Vraiment ?

— Allez, un petit effort ! Nous n'avons pas toute la nuit ! dit-elle agacée.

Berti n'aimait pas être pris en défaut, encore moins houspillé de la sorte. Il se targuait d'être un excellent agent. Cette bonne femme avec ses grands airs allait voir ce dont il était capable.

Son regard noir dans le rétroviseur le foudroyait. Elle attendait une réponse.

Il remisa ses velléités, mobilisa ses esprits afin de réfléchir. C'était impératif, il avait un boulot à finir. Ses états d'âme attendraient.

Soudain, la phrase de « de Gaulle » ressurgit comme un éclair de génie. Il n'avait plus que cet indice ainsi que le polaroid du meuble. Si le secrétaire existait, il devait être au 10 rue Saint-Jacques. Cela ne pouvait donc être que la citation.

Il tapa les mots mémorisés et la signature sur le moteur de recherches Google de son téléphone. Des liens correspondants s'affichèrent aussitôt et, sans doute par géolocalisation, la proximité de la maison natale de Charles de Gaulle, sise 9 rue Princesse.

Il donna l'adresse à la chauffeuse de taxi qui démarra en trombe.

Berti manqua tomber à la renverse. Son estomac se crispa, un pic d'adrénaline le transperça. Il retrouvait un souffle d'énergie. Il s'enfonça dans la banquette, s'accrocha à la poignée. Sans nul doute, la conduite sportive marquait l'empressement de cette femme à enquiller les étapes. Tant mieux ! Plus vite ils auraient fini, plus vite il rejoindrait le lit d'une chambre de l'hôtel Ambassadeur.

Il se demandait ce qu'il allait trouver dans ce lieu fermé au public au cœur de la nuit. Il se remémora les informations glanées sur le site internet. La maison des grands-parents maternels de celui qui allait devenir général, sauveur de la France, avait été transformée en musée en 1983. Il y naquit le 22 novembre 1890. Lieu de retrouvailles familiales durant son enfance et sa jeunesse, il y passa ses vacances jusqu'en 1912. De nombreux visiteurs, férus d'histoire ou curieux de son intimité, se succédaient entre les murs de cette splendide propriété, conservée dans son jus, avec le mobilier et la décoration d'époque.

Le trajet dura à peine dix minutes, dans une ville vide de circulation routière, mais aux trottoirs grouillants de promeneurs nocturnes, de fêtards ou d'admirateurs des illuminations.

Soudain, la maison blanche se dressa, majestueuse. Un porche gris, surmonté du drapeau français, encadrait deux portes vertes.

La voiture se gara devant, Berti sortit, hésitant sur la marche à suivre.

— Dépêchez-vous, je vous attends, ordonna la femme, sans lui prêter un regard.

Il s'approcha, observa la façade avec une attention décuplée. Pas un chat dans la rue. Sans doute un gardien à l'intérieur de l'habitation ou un système de surveillance couplée à une alarme. Aucun pot de fleurs, pas de boite aux lettres, aucun renfoncement pouvant dissimuler un objet. Il se gratta le crâne. Le froid incisif le fit grelotter. Il devait s'activer. Son enthousiasme légendaire s'amenuisait. Sa concentration peinait à fonctionner. Il se sentait pris en défaut de faiblesse, accaparé par les tentacules de l'épuisement conjugué à l'air glacial. Il détestait cet état d'inconsistance alors que l'impatience de la rousse bouillonnait dans le taxi.

Il s'invectiva mentalement à se ressaisir et secoua la tête.

— Allez Berti, bouge-toi un peu ! Qu'on en finisse !

Son attention fut attirée par un panonceau cloué au mur à gauche de la porte d'entrée qui rappelait aux badauds qu'un homme illustre avait vu le jour dans cette propriété lilloise. Cela valait le coup de vérifier…

Il se dirigea vers la plaque dotée de larges rebords, passa sa main sur celui du dessus. Délicatement, mais l'objet en équilibre précaire tomba au sol pavé dans un cliquètement métallique. Encore une clé ! Mais un modèle ancien, doré, martelé et travaillé avec finesse. Sans doute celle qui allait avec le secrétaire Louis XVI.

Ragaillardi par sa trouvaille, Berti se précipita dans le taxi pour, l'espérait-il, finaliser sa mission au 10 rue Saint-Jacques.

La radio ronronnait des Christmas carols[1] alors que la rousse recrachait la fumée d'une cigarette par la fenêtre entrouverte. Énigmatique jusqu'au bout de la nuit, songea-t-il en s'installant à l'arrière. La chaleur de l'habitacle rougit ses joues glacées.

— On peut y aller, dit-il d'une voix ferme.

Elle écrasa son mégot dans le cendrier, puis démarra sans plus attendre ni prêter un regard en sa direction. Il ajusta son assise sur la banquette, mais quelque chose lui rentrait dans le gras de la fesse gauche. C'était désagréable au possible.

Il se décala et retira une brique de LEGO.

Un haussement surpris lui étira le front. Un enfant avait dû perdre un élément d'un jouet. Il tourna le morceau de plastique entre ses doigts engourdis par le froid. Un côté était recouvert d'un scotch transparent. En y regardant à deux fois, un minuscule bout de papier y était coincé avec une série de chiffres et une lettre :

---

[1] Les Christmas carols sont les chants traditionnels anglais de Noël.

2458B

Aussitôt, il jeta un œil dans le rétroviseur et croisa le regard amusé de la conductrice. Hum… Elle était de mèche. Néanmoins, il se garda de lui demander. On lui avait appris dans sa préparation d'agent secret à ne pas poser de questions, surtout si l'individu côtoyé ne les provoquait pas. Cette dame en savait plus long qu'elle ne le laissait croire, mais distillait ses informations à son rythme ou son bon vouloir. Il prit le parti de ne pas la brusquer. Il la surveilla avec vigilance alors qu'elle reportait son attention sur la route et le pilotage de son taxi.

*

Dix minutes plus tard, la voiture stoppa sa course sur un trottoir, rue Saint-Jacques, et se stationna entre deux poteaux, tout près de l'entrée du numéro 10. L'endroit était désert. Les lampadaires léchaient les pavés blanchis de neige. Un chat de gouttière traçait sa route, laissant derrière lui des empreintes minuscules.

Berti comprit qu'il était arrivé. Encore un petit effort pour accomplir cette dernière tâche. Le sommeil bourdonnait dans son corps, mais il n'avait pas le choix. Un agent secret devait s'effacer au profit de son objectif. Il aurait ensuite tout le loisir de se reposer. Enfin l'imaginait-il…

— Bon, marmonna la conductrice en allumant une nouvelle cigarette. On n'a pas toute la nuit ! Va falloir accélérer la cadence !

Décidément, Berti la trouvait désagréable à commenter ses moindres atermoiements. Elle en avait de bonnes ! C'était facile ! Elle se calfeutrait au chaud, le cul rivé sur son siège pendant que lui se risquait dans cet immeuble lugubre.

Il inspira et jaillit de la voiture. Le vent glacial lui fouetta à nouveau le visage, il prit son courage à deux mains et s'avança vers la porte délabrée. Un digicode en sécurisait l'accès. On se demandait bien pourquoi. Qui pouvait avoir envie de s'aventurer dans ce bâtiment glauque et quasi désert ?

Berti se mordilla les lèvres, forcément la solution était dans les indices collectés. Il hésita puis tapa de l'index 2458B. La porte se déverrouilla. Il la poussa et entra dans l'obscurité du couloir tout en longueur. Il alluma une lumière blafarde qui n'éclairait pas grand-chose. Dans la pénombre, il progressa vers le fond, un local à poubelle, des boites aux lettres. C'était sinistre. L'odeur de moisi prenait à la gorge.

Un escalier vieillot permettait d'accéder à l'étage supérieur. L'immeuble comptait deux niveaux tout au plus, mais semblait inhabité. Un silence de mort retentissait alors que son cœur s'emballait. L'angoisse attendrissait son courage, à l'instar du boucher qui aplatissait les fibres de la viande, et sa curiosité légendaire. D'un soupir, il repoussa ses craintes. Le bon petit soldat devait remplir ses obligations.

D'un pas lourd, Berti gravit les marches prenant soin de ne pas faire de bruit.

Parvenu au premier étage, une seule porte apparut. Il hésita, mais s'approcha. Elle était entrouverte. Un frisson le parcourut. Était-ce un piège ? Ou bien le chemin qui le conduisait vers la résolution de l'énigme ? Enfin…

L'instructeur lui avait conseillé de suivre son instinct dans ce genre de situations, tout en assurant ses arrières. Il tendit l'oreille. Pas un seul bruit en dehors de sa respiration saccadée.

Du bout du doigt, il poussa la porte.

La pénombre était contrebalancée par les lampadaires de la rue, qui transperçaient les hautes vitres dénuées de rideaux ou de volets. Le studio était vide. La poussière recouvrait le parquet usé. Des pans de tapisserie s'arrachaient des murs, dévoilant des lézardes et des taches d'humidité.

Berti rentra.

Au beau milieu de la pièce, trônait un bureau secrétaire Louis XVI. Le même que celui sur le

Polaroid. Il s'avança, sortit la vieille clé dorée trouvée aux abords de la maison natale de Charles de Gaulle. Il approchait du dénouement. Il voulait s'en persuader.

D'un geste assuré, il introduisit le précieux sésame dans la serrure de l'abattant refermé, tourna deux fois d'affilée, puis l'ouvrit. Plusieurs tiroirs apparurent, mais ce qui l'intrigua aussitôt fut le paquet emballé. Il délaça la ficelle, puis ôta le papier. Une carte où était marqué « Joyeux Noël ! » recouvrait un livre de poche.

L'excitation était à son comble, il tentait néanmoins de conserver son calme.

Sous la carte, se dévoilait le titre du roman : « Le crime de l'Orient-Express » d'Agatha Christie. Son cœur tambourinait à tout rompre dans sa poitrine. D'une main fébrile, il extirpa un ticket cartonné d'entre les pages. Il n'en croyait pas ses yeux : un aller-retour Paris-Budapest en Venice Simplon Orient Express[2] !

Empoignant ses trésors, il se mit à sautiller sur place, à hurler de joie puis repartit en courant dans la pénombre, au risque de se prendre les pieds entre

---

[2] Le Venise-Simplon-Orient-Express est un train de prestige créé en 1982 par James Sherwood. Il relie alors Boulogne-sur-Mer, puis Calais, et Paris-gare de l'Est à Innsbruck, Vérone et Venise, et continuant aujourd'hui directement, selon les dates, vers Prague, Vienne, Budapest ou Istanbul.

les lattes déboîtées du parquet ou de chuter dans les escaliers abîmés. Mais, sa raison vacillait, soufflée par l'exultation d'un rêve devenu réalité.

*

Dans la rue, Berti se retrouva seul sur le trottoir.

C'était bien sa veine ! Le taxi s'était fait la malle.

Heureusement, il n'était pas loin.

Il traversa la chaussée, remonta vers la place du Lion d'Or, trottina encore vers la venelle de la Monnaie. Il sonna à l'interphone de l'une des premières maisons cossues sur la gauche.

La porte s'ouvrit aussitôt. Un hall éclairé de guirlandes l'invita à rentrer. Son bagage était posé sur un banc.

Au fond à gauche, il déboucha dans le salon baigné d'un halo doré. Une flambée grésillait dans la cheminée, répandait une atmosphère chaleureuse et feutrée. Dans un angle, un sapin se dressait dans sa superbe décorée et luminescente. Des cadeaux jonchaient le sol.

De dos, un homme d'âge mûr jouait au piano une mélodie de Noël alors qu'une vieille dame, rencognée dans un fauteuil, rythmait le tempo en tapotant de ses doigts sur l'accoudoir. Une rousse, toujours la même, mais élégante dans une robe de soirée, se mit à chanter :

> " We wish you a merry Christmas,
> We wish you a merry Christmas,
> and a happy new year,
> Berti chéri ! "

*

Ce fut sans nul doute le plus beau Noël de sa jeune existence ! Impossible après de fermer l'œil de la nuit tant l'excitation se diffusait dans les moindres parcelles de son corps et de son esprit.

Berti avait treize ans, mais en paraissait trois de plus avec son mètre soixante-dix et sa stature massive de demi-de-mêlée.

Ses parents et sa grand-mère étaient de joyeux dingues, une âme d'enfants malicieux, prêts à se couper en quatre et lui concocter cette folie où, mué en agent secret, il vivait une aventure digne des plus grands films d'espionnage. Enfin il s'en persuadait, dénichant avec toujours autant d'excitation les indices au fur et à mesure. C'était la première fois qu'il voyageait en mission au-delà des limites de son quartier parisien et rejoignait le domicile lillois de sa grand-mère.

Depuis tout petit, Berti adorait les énigmes, les panoplies de détectives, les loupes, les casse-têtes, les rébus, les jeux d'enquête criminelle, d'évasion. Sa famille alimentait cette frénésie avec ingéniosité et inventivité.

Ce jour-là, il avait pris le train de nuit presque seul même si les boucles rousses de sa mère n'étaient jamais bien loin. Incognito, elle le laissait vivre ce scénario angoissant comme un adulte. Elle était son ange gardien.

Son père les précédait partout, disséminant les indices imaginés avant les fêtes de fin d'année. S'assurant qu'aucun intrus ne viendrait perturber ou gripper son plan digne d'un James Bond en herbe.

Il avait employé les grands moyens pour ses treize ans. Il s'était surpassé, obtenant même les clés du studio désaffecté de la rue Saint-Jacques, et Berti avait kiffé grave !

Et sa grand-mère avait cassé sa tirelire en leur offrant ce voyage dans l'emblématique et prestigieux train de l'Orient Express. Comme elle se plaisait à dire, elle n'emporterait pas leurs rêves au paradis, alors autant les voir briller dans leurs yeux.

Installée sur la Côte d'Opale, Responsable Ressources Humaines dans une première vie, Rosalie Lowie se consacre à l'écriture dans différents univers (polar, roman, jeunesse, nouvelle, théâtre), intervient en écoles, réalise des biographies privées et anime des ateliers d'écriture.

Elle a été révélée par le Grand Prix Femme Actuelle 2017 pour son premier polar « Un bien bel endroit pour mourir », qui signe le début de son duo d'enquêteurs fétiches sur la Côte d'Opale. Le deuxième polar « Dernier été sur la côte » a obtenu le Prix du Polar Nordiste en 2023. Son dernier polar "La malédiction de Reggio" est le 3e de la série et son récent Polar en Nord Junior « Panique au Channel » a obtenu le Prix Jeunesse 2024 du salon du Touquet.

Ses nouveautés 2025 : « Fragments », un recueil de textes et nouvelles, aux Éditions Vendeurs de Mots ; « Le secret de la sirène », un Polar en Nord Junior, aux Éditions Aubane.

AMITOLA

Dominique Van Cotthem

Dès mon plus jeune âge, j'ai su que quelque chose ne tournait pas rond entre les hommes et les femmes. J'observais mes parents au cours des repas, en soirée avec des amis, devant la télévision, dans la voiture quand nous partions en vacances, c'était très instructif. À leur insu, je notais chaque agissement suspect afin de les confronter aux précédents dans la même situation. Plus je constatais des anomalies dans ce qui aurait dû être d'une banalité mortelle, plus j'exultais. Mes impressions se matérialisaient à mesure que mes parents, dont la photo de mariage jaunissait au-dessus de la cheminée, s'éloignaient du schéma matrimonial encadré quinze ans plus tôt. Rien dans leurs attitudes ne glorifiait le couple, au contraire. Ils se conduisaient différemment selon qu'ils étaient ensemble ou séparés. Maman, toujours calme et posée, se rongeait les ongles en présence de mon père. Quant à Papa, il suffisait que ma mère lui demande comment s'était déroulée sa journée pour que son visage vire au cramoisi. Je percevais une légère crispation de sa mâchoire. Un subtil étirement des bajoues qui en disait long. L'exaspération inexplicable de mon père s'écrasait entre ses dents tel un étau. Le ton de leur voix changeait. Ma mère perchait dans les aigus, tandis que mon père descendait dans les graves. Ils s'éloignaient par la parole.

J'étais trop jeune pour comprendre la mécanique d'un couple qui s'effiloche, mais le fruit de mes observations me procurait une espèce de jouissance intellectuelle. Je n'en finissais pas d'établir des statistiques et m'émerveillais de leur pertinence : si à table, Maman reniflait deux fois d'affilée – elle a des problèmes d'allergies – Papa se mettait à tousser deux fois. Si elle se mouchait, il buvait une longue gorgée de vin et toussait à nouveau deux fois, ce qui obligeait ma mère à s'isoler dans la cuisine. J'avais répertorié des dizaines d'exemples similaires.

Mes parents furent mes premiers cobayes. Par la suite, je m'attaquai à mes tantes, mes cousins, mes camarades de classe, aux instits. Personne n'échappait à mon radar, car je m'étais aperçue que les difficultés relationnelles s'étendaient bien au-delà du couple. Dès la formation d'un groupe, si minime soit-il, un jeu de pouvoir insidieux s'instaurait et influençait les comportements.

J'avais onze ans quand j'ai su que je serais anthropologue. Monsieur Gironet, mon instituteur, nous avait expliqué lors d'une leçon sur l'histoire des peuples, qu'il existait au Brésil une communauté qui n'avait jamais croisé d'hommes dits civilisés. Monsieur Gironet soulignait la patience des anthropologues qui depuis cinq ans les étudiaient à distance et dans des conditions très difficiles. Sans crainte de me ridiculiser devant mes copains de classe, j'avais levé le doigt.

— C'est quoi des anthropologues ?

— Excellente question Rosie ! En gros, ce sont des scientifiques spécialisés dans l'étude des sociétés humaines. Ils comparent des peuples divers afin de définir les caractéristiques de chacun.

Le reste de la leçon n'atteignit plus mes neurones. J'étais envahie par un sentiment jubilatoire. Des orteils à la racine de mes cheveux, un courant d'euphorie circulait en continu. Je me retins de filer hors de la classe et de cavaler jusqu'à la bibliothèque pour demander en prêt tous les ouvrages traitant d'anthropologie.

« Anthropologie ! »

Je répétais le mot mentalement, cent fois, deux cents fois. J'étais plus excitée qu'un soir de Noël en découvrant mes cadeaux, car j'avais conscience que je venais de recevoir un trésor.

« Anthropologie ! »

Sans le savoir, monsieur Gironet avait déposé dans mes mains les clés de mon avenir.

C'est à cette époque que je décidai de tout consigner par écrit. L'observation de mes parents prit une nouvelle tournure. Et tout en commençant à deviner l'origine des tensions, je pus prédire le divorce qui mit fin à leur calvaire. Ignorant combien j'étais préparée à l'inéluctable échec de leur mariage, mes parents me remercièrent de n'opposer aucune résistance à leur décision le jour où ils m'annoncèrent, le visage contrit, que notre vie allait changer. J'adoptai un air de circonstance et dis que je comprenais. J'ajoutai qu'ils pouvaient compter sur moi pour les aider à traverser cette épreuve. Ma réaction leur permit, je crois, de remodeler notre famille plus vite.

Les cahiers dans lesquels j'inventoriais les signes distinctifs de notre microcosme, ceux réservés à ma mère et mon père en particulier, jouèrent un rôle majeur, bien des années plus tard, lors de mes études.

Au terme d'un cursus riche en déplacements au-delà des frontières, j'avais remarqué que les femmes entre elles étaient en moyenne dix-sept fois plus créatives. Quant aux hommes, ils perdaient 10 % de leurs capacités innovantes en l'absence de femmes. Par contre, ils gagnaient 18 % de propension à la quiétude. À un faible pourcentage près, les résultats s'alignaient, que les personnes étudiées soient d'orientation hétérosexuelle ou homosexuelle. Ce constat me semblait édifiant. Il mettait en évidence les influences physiques, politiques, religieuses, sociétales et culturelles sur, d'une part, l'inventivité et d'autre part, la violence. Selon les ethnies comparées, le pourcentage moyen variait, mais le phénomène demeurait constant, ce qui établissait l'intérêt majeur d'une exploration approfondie des rites fondateurs et de leurs origines afin d'en évaluer les conséquences. À partir de quand la domination sur l'autre s'installe-t-elle dans une cohabitation ? Le compromis n'est-il pas source de frustrations ? Le renoncement apporte-t-il une solution au manque d'audace ? L'art ne serait-il pas l'antidote au conflit ?

Après de longues réflexions, je choisis d'axer ma thèse de doctorat sur l'esprit créatif des communautés hétérogènes par rapport à celui des communautés homogènes. Le but étant d'apporter un nouvel éclairage sur la possibilité de construire un monde en paix. Ce thème n'avait jusque-là retenu l'attention d'aucun doctorant. Un comble quand on sait combien la mixité influence le fonctionnement d'une communauté dans le domaine de l'art et de la guerre. J'intitulai mon ouvrage : *La mixité repensée en faveur de la paix*. L'originalité de ma thèse épata les membres du jury. Mon ardeur à la défendre aussi. J'obtins le titre de docteur en anthropologie avec des félicitations et un budget substantiel dédié à la recherche.

Trente ans plus tard, la passion reste intacte. Je suis reconnue par mes pairs, mes articles sont publiés dans les meilleures revues scientifiques à travers le monde. Chaque année, on m'alloue des subsides qui me permettent d'approfondir mes investigations. Ceci, bien entendu, ne va pas sans quelques jalousies. Une poignée de confrères masculins dénigrent mon travail et s'appliquent à déconstruire mes théories. Certains s'opposent au point de m'accuser de discrimination. Ce comportement, assez convenu dans notre type de société, justifie l'énergie déployée à prouver que l'organisation des rares communautés exclusivement féminines ou masculines est un exemple à suivre afin d'offrir un avenir possible à l'humanité. Notre planète en péril, meurtrie par l'indifférence et la course à l'ego, a besoin que ses habitants prennent enfin la mesure de leurs erreurs. Il ne s'agit pas de cloisonner les sexes, mais de remanier la pensée créatrice sans frustrations misogynes ni soumissions inconscientes. Un concept difficile à accepter par les avides de pouvoir. Quoi qu'il en soit, ma théorie, si elle ne fait pas l'unanimité, a pour effet de rebattre les cartes. C'est déjà en soi une sacrée victoire.

Mais si mon travail permit d'ouvrir des brèches, jusqu'à ce matin, il ne suffisait pas à mettre en évidence ma conception d'un monde meilleur. Il manquait encore un élément irréfutable aux milliers de recensements accumulés au cours de ma carrière. Cet élément, je le sentais aussi proche qu'inatteignable. Il me tenait en haleine depuis toujours, j'avais appris à cohabiter avec lui, à le suivre à la trace. J'avais parcouru la planète entière, rencontré des ethnies de tous les horizons, passé des années à analyser des contes et des textes de transmissions orales. J'avais décortiqué les moindres indices susceptibles de mettre mes certitudes en lumière. Je poussais la minutie jusqu'à classifier des recettes de cuisine, des protocoles pharmacologiques, des philtres aux effets aléatoires, des élixirs aux ingrédients farfelus, des cataplasmes douteux, un nombre incalculable de traditions nourricières et médicinales. Jamais je n'y avais décelé la révélation tant attendue. Rien n'avait surgi non plus du dédale de croyances ou des rituels domestiques pratiqués depuis la nuit des temps. Rien d'assez marquant qui puisse boucler la boucle si patiemment élaborée au fil des décennies. Du cœur des forêts tropicales les plus reculées aux confins de la toundra sibérienne, nulle part je n'avais trouvé l'équilibre parfait entre art et paix universelle.

Avançant en âge, je me résignais à rendre l'âme sans avoir atteint le but de ma vie. J'avais renoncé au mariage, aux enfants, aux stéréotypes en accord avec la perpétuation de l'espèce. La science était ma compagne fidèle à laquelle j'avais offert le meilleur de moi-même ainsi que ma jeunesse. Comme le dit la chanson : non, je ne regrettais rien. Du haut de mes cinquante-cinq ans, je n'avais pas peur de regarder en arrière et aucune envie de changer quoi que ce soit. Mes choix donnaient du sens à mon existence, j'étais sereine. Tout aurait pu en rester là, mais il y eut ce matin où la roue du destin se mit à tourner !

C'était il y a à peine douze heures. Au sortir d'une nuit sans rêve, il devait être six heures, le téléphone a sonné ! William Linwel, un ami archéologue établi à Renton dans le nord-ouest des États-Unis, m'a appelée. Il parlait sans discontinuer, il mangeait les mots, bredouillait une pelletée d'informations sans reprendre sa respiration. J'étais encore à moitié endormie, mais j'ai de suite compris que cet échange à sens unique marquait le début d'une folle aventure. William évoquait une tribu inconnue, retirée légèrement à l'est du centre de l'Alaska. Un endroit peu peuplé et hostile.

— Tu as un vol ce soir depuis Paris avec une escale à Seattle. Viens, je t'attendrai à l'aéroport au

Centurion Lounge, nous voyagerons ensemble vers Anchorage.

La proposition de William me clouait sur place.

— L'Alaska au mois de décembre ! C'est de la folie, je vais mourir de froid ! Nous n'y verrons rien en plus, les nuits durent 24 h. Ça ne peut pas attendre le printemps ?

— Non, c'est maintenant ou jamais !

— Je ne sais pas si je peux organiser un tel voyage en une journée. Tu es certain que ça en vaut la peine ?

— Écoute Rosie, si tu rates ce rendez-vous, tu auras raté ta vie ! J'ai déjà réservé ton billet d'avion. Mets des vêtements chauds dans ta valise et fonce. On se retrouve à Seattle, je t'expliquerai tout de vive voix.

Je n'ai pas posé d'autres questions. William n'est pas du genre à s'enthousiasmer sans raison. En une matinée j'avais orchestré mes trois prochaines semaines d'absence. Je me gardai de révéler à mes assistants le motif de ce départ précipité, j'évoquai un vague projet de collaboration avec un ami archéologue. Je promis de les appeler sitôt arrivée à Anchorage et de leur laisser une adresse de contact sur place. Mes parents eurent droit au même discours, ils ne se formalisaient plus depuis mes premières expéditions. Ils trouvèrent ce voyage en

Alaska très exotique. Ma mère me recommanda de ne pas oublier d'emporter un bonnet et des gants. Depuis le décès de son second mari, elle a tendance à régresser. Quant à mon père, toujours aussi pragmatique, il me demanda de lui ramener du saumon en prévision du mariage du fils de sa compagne.

Je me suis rendue à Roissy Charles de Gaulle délestée d'un poids invisible et pourtant bien réel. J'avais la sensation d'abandonner quantité de boulets accrochés à mes chevilles. Ce voyage inattendu m'évitait de refuser, comme chaque année, l'invitation de mes parents au traditionnel repas de Noël et celle de mes amis, partisans des soirées festives du Nouvel An. C'est donc le cœur léger que je me suis installée en Business class. Il était quatre heures du matin. Lorsque l'hôtesse m'a proposé une boisson, j'ai demandé du champagne.

***

L'avion se pose à Seattle après 10 h 25 de vol. Je suis fourbue en regagnant le hall de transit. Une escale de deux heures trente est prévue. Je rejoins l'American Express Centurion Lounge où William doit m'attendre. L'avantage de ma condition sociale me permet de m'offrir le luxe d'un tel établissement et de profiter des espaces sanitaires avant de retrouver mon ami. Une bonne douche me remet sur pied.

Quand je regagne le bar, William n'est pas là. Je ne me formalise pas, il est toujours en retard. Ici, le jour se lève, j'ai fait un retour dans le temps de neuf heures.

Je m'installe près d'une large baie vitrée et sirote un jus d'ananas en admirant la vue panoramique sur le mont Rainer. Seattle est magnifique à ce moment de la journée. J'ai adoré vivre ici durant six mois. C'était il y a un peu moins de deux ans, j'étais arrivée au début du printemps, la végétation était en plein réveil et la lumière éclatante comme nulle part ailleurs. Cela m'avait impressionnée. La ville, colorée par une multitude d'espaces verts, mérite son surnom de Cité émeraude. Le vert est ma couleur préférée. J'étais venue à Seattle pour rencontrer Amitola, une jeune Amérindienne Duwamish. Cela n'avait pas été facile d'entrer en contact avec elle, elle se méfiait de mes intentions. Nous avions échangé des dizaines de mails avant qu'elle accepte de m'accueillir chez elle.

Les Duwamishs sont établis dans l'agglomération de Seattle depuis la dernière glaciation, soit 8000 ans. Après l'arrivée des colons, le recensement n'a cessé de chuter. La tribu, déclarée éteinte en 2001, a été réhabilitée sous la présidence de Bill Clinton avant que la décision ne soit révoquée, quelques années plus tard, par l'administration Bush. Elle est à ce jour assimilée à celle des

Suquamish ou des Muckleshoots. L'idée de recueillir un témoignage par l'une des membres de la communauté avant l'extinction définitive de ses traditions me semblait capitale.

Le courant est de suite passé entre nous. Amitola a senti combien sa cause était un peu la mienne. Elle voulait sauver sa communauté, je voulais sauver l'humanité. Mon ambition démesurée l'a fait rire. Nous avions longuement échangé au sujet de la place des femmes dans la société en général. J'avais été impressionnée par l'organisation harmonieuse de la communauté hétérogène Duwamish. Comme chez tous les Amérindiens, le respect de la nature passait par le respect de tous les êtres vivants, y compris le monde végétal, minéral et les éléments : eau, air, feu, terre. La place de la femme chez les Duwamishs était égale à celle des hommes. Elles pouvaient tout aussi bien chasser qu'élever les enfants. Chacun et chacune apportaient sa contribution au bien-être de la collectivité. Ceci, je l'avais déjà observé aux quatre coins du monde et notamment en forêt amazonienne. Mais ici, je percevais un investissement plus marqué. Amitola m'avait expliqué que son peuple avait toujours cherché à parfaire l'harmonie en maîtrisant l'instinct belliqueux dont, tôt ou tard, les humains sont la proie. La danse, le chant, la fumigation permettaient d'évacuer les énergies négatives. Le partage des tâches sans discriminations de sexe, la valorisation du travail artistique, la mise en commun des biens étaient le fondement même de leur culture. Amitola m'avait récité une partie du discours prononcé par le chef Siahl en 1858, lors des négociations avec le gouvernement américain. Ce chef pacifique et tolérant fut reconnu par les autorités qui décidèrent de donner son nom à la ville actuelle : Seattle. Même si l'authenticité du texte est très aléatoire à force de remaniements, il exprime de façon sublime et poétique l'esprit Duwamish.

Comment pouvez-vous acheter ou vendre le ciel, la chaleur de la terre ?

Chaque parcelle de cette terre est sacrée pour mon peuple. Les fleurs parfumées sont nos sœurs, le cerf, le cheval, le grand aigle, ce sont nos frères. Les crêtes rocheuses, les sucs dans les prés, la chaleur du poney et l'homme, tous appartiennent à la même famille. Nous savons que l'homme blanc ne comprend pas nos mœurs. Il traite sa mère la terre et son frère le ciel comme des choses à acheter, piller, vendre. Son appétit ne laissera derrière lui qu'un désert.

L'air est précieux à l'homme rouge, car toutes choses partagent le même souffle. Je suis un sauvage et je ne connais pas d'autre façon de vivre.

Ce n'est pas l'homme qui a tissé la trame de sa vie, il en est seulement un fil. Tout ce qu'il fait à la trame, il le fait à lui-même[3].

Les yeux vissés aux sommets enneigés du volcan Rainer, mes pensées me ramènent au moment décisif de ma rencontre avec Amitola dont le prénom signifie Arc-en-ciel. Sa beauté m'avait frappée, elle dépassait l'aspect physique, il y avait une dimension supérieure à la perfection de ses traits. Un rayonnement qui vous prenait aux tripes. Nous avions convenu avec William, qui travaillait alors dans la région sur des sépultures très anciennes, de nous retrouver à Seattle. Il avait besoin de mon avis et souhaitait me faire part de ses premières observations. De mon côté, je voulais lui présenter Amitola. D'après les clichés qu'il m'avait envoyés, les tombes sur lesquelles il travaillait avaient de fortes chances d'appartenir à des ancêtres Duwamishs. William fut, lui aussi, subjugué par le visage d'Amitola. Il s'en dégageait une sagesse inouïe. D'emblée, il prit le

---

[3] Extraits choisis du discours du chef Siahl (Seattle) adressé au gouverneur Isaac Stevens en janvier 1854. Celui-ci répond à une demande de rachat des terres indiennes. Ce discours est sujet à controverse, car il a été transcrit par le docteur Smith 32 ans après avoir été prononcé. Par la suite, deux nouvelles traductions ont vu le jour. La troisième version du discours est celle que nous connaissons aujourd'hui.

parti de l'épauler dans la quête de reconnaissance de son peuple. Il s'impliqua au point de quitter la France pour s'installer à Renton, non loin de la réserve où vivait la jeune femme. Un coup de tête qui changea la vie de cet archéologue au cœur endurci, puisqu'ils se marièrent quatre mois plus tard. William découvrait l'amour à cinquante-trois ans. Amitola en avait vingt de moins et pourtant ils formaient un couple remarquable. Plus que l'union de deux personnes, ils symbolisaient l'union de deux intelligences.

— Excuse-moi, pour le retard. Tu as fait bon voyage ?

William interrompt mes pensées. Il pose une main amie sur mon épaule. Je le retrouve amaigri, les traits marqués, les cheveux longs tressés. Un bandeau tissé multicolore entoure son front. Il a bien changé en un an et demi.

— Eh, si je t'avais croisé dans la rue je ne t'aurais pas reconnu !

— Toi, par contre, tu es toujours aussi radieuse ! Tu aimes mon nouveau look ?

— Tu es magnifique. Tu ressembles à un véritable Duwamish !

— Tant mieux, car ici, j'ai trouvé ma patrie spirituelle.

— Amitola n'est pas avec toi ?
— Non.

— Oh, c'est dommage, j'espérais qu'elle nous accompagne.

— Ce ne sera pas possible. Ne tardons pas, l'embarquement a déjà commencé. Si on rate cet avion, nous raterons aussi le train de nuit à Anchorage et comme il n'y en a qu'un par semaine, ce serait une énorme perte de temps.

Nous nous dirigeons vers le hall des départs. L'hôtesse vérifie nos passeports en nous souhaitant bon voyage avec une amabilité surjouée. Durant le vol, William est taiseux, j'en profite pour lui parler longuement de certains de mes projets. Avec lui, c'est facile, il décrypte à la seconde l'ébullition de mon cerveau. Souvent, il achève mes phrases.

Nous nous sommes connus à la fac, nous avions vingt-deux ans, des rêves à revendre et l'arrogance de la jeunesse. Nous travaillions déjà ensemble à l'époque. Notre amitié s'est construite au fur et à mesure de nos collaborations. Aujourd'hui, nous sommes très proches, peut-être même plus proches que certains frères et sœurs. C'est pourquoi son comportement me laisse dubitative. J'ai beau le cuisiner sur les raisons de ce voyage, il reste flou.

— Je t'expliquerai au fur et à mesure.

— Oui, mais tu pourrais déjà me donner des indices. Quel est le nom de cette tribu ? L'endroit où elle se trouve ?

— Tu sauras tout le moment venu.

Cette prise de position morose me déconcerte. Je viens de traverser un cinquième du globe à sa demande, j'attendais un peu plus d'exaltation de sa part. Au téléphone il était si enthousiaste. Je finis par me demander pourquoi je suis là.

Après un vol de 3 h 40, nous nous rendons à la gare ferroviaire d'Anchorage d'où partira un train de nuit en direction de Fairbanks. Un froid polaire, à vous faire tomber les oreilles, transperce mes vêtements. Dans le taxi, j'enfile une seconde paire de gants et un deuxième bonnet. William remonte l'écharpe sur mon nez. Il me promet de délier sa langue une fois que nous serons installés à bord du wagon-lit.

— Ce que j'ai à te dire prendra du temps et demande de la discrétion.

— Que de mystères !

— Tu ne crois pas si bien dire.

— J'ai l'impression que tu t'amuses à jouer avec mes nerfs.

— Ce n'est pas un jeu, Rosie. Crois-moi.

La gravité de son regard me fige plus encore que la température extérieure. Nous avalons un repas rapide au restaurant de la gare avant l'arrivée du train. La fatigue me tombe dessus comme une chape de plomb. William s'en aperçoit, il me propose son épaule, j'y pose ma tête et m'endors aussitôt.

***

Nous sommes seuls à occuper le compartiment de première classe réservé la veille par William. L'espace rudimentaire est propre, le lit plutôt confortable, le personnel aimable. À bord, tout est mis en place afin d'offrir aux voyageurs un service de qualité. En milieu de train, une voiture panoramique au plafond de verre permet une vue grandeur nature sur la splendeur des paysages. La voiture-restaurant, décorée dans un style Belle Époque, propose des menus dignes de grands chefs. Notre soirée sera agréable, notre nuit devrait l'être tout autant. À cette époque de l'année, les aurores boréales sont impressionnantes. Les observer depuis un train en marche sera une expérience originale.

William range son bagage sous la couchette, il ne tient pas en place.

— Je vais nous chercher un café. C'est bon pour toi ou tu veux autre chose ?

— Un café, c'est parfait !

Il est 19 h 30, heure locale, lorsque le train se met en marche. L'arrivée à Fairbanks est prévue à 6 h. Nous nous rendrons sur le site en voiture. Selon William, deux à trois heures de route seront nécessaires à cause de la neige. Jamais je n'aurais imaginé concrétiser le fruit d'une vie de recherches en Alaska. Après avoir parcouru les forêts équatoriennes, les lieux presque inaccessibles d'Océanie, les îles de Polynésie, les savanes d'Afrique, le Groenland et la Terre de Feu, j'avais l'impression d'être passée à côté du but dans l'un de ces endroits. L'Alaska n'avait jamais été une priorité, de nombreux confrères l'avaient exploré, la littérature scientifique ne manquait pas d'ouvrages intéressants, mais ils n'ouvraient aucune piste sérieuse quant à l'existence d'un peuple pacifique inconnu. Je maîtrisais assez la culture amérindienne pour savoir que chaque ethnie avait été répertoriée, il n'y avait dès lors aucune raison de concentrer mes recherches en ce sens. Il semblerait que je me sois trompée ! Une impatience grandissante brasse mon cerveau quand William revient. Il dépose nos cafés sur la tablette devant la fenêtre, allume son PC portable, puis ferme la porte du compartiment.

— J'ai pris ce train la semaine dernière, je voulais vérifier que les informations dont je disposais étaient exactes. Cela n'aurait pas été correct de te faire venir pour rien.

— Tu as vu ces gens ?

— Oui.

Il tourne l'écran de l'ordinateur vers moi. Une photo prise par un drone au-dessus d'une forêt montre cinq femmes vêtues de tuniques tissées en gros fils, elles fixent le ciel d'un regard apeuré.

Autour d'elles, trois bâtiments en bois d'où une épaisse fumée s'échappe de la cheminée.

— C'est incroyable ! Elles n'ont jamais été recensées ?

— Non. Elles sont vingt-deux au total et il y a huit enfants.

— Bon sang ! Maintenant je veux tout savoir. Comment as-tu appris leur existence ?

William avale une gorgée de café. Tête baissée, il frotte la jambe de son pantalon de haut en bas.

— Allez, arrête de me faire languir, raconte ! Tu es insupportable !

Il respire fort. Je sens en lui un énorme malaise. Il me répond la voix mal assurée.

— Tu sais où nous allons ?

— Oui, à Fairbanks ! Quelle drôle de question.

— Et sais-tu où se situe Fairbanks ?

— Enfin, William, arrête de jouer aux devinettes ! C'est franchement agaçant à la fin.

— Fairbanks se trouve proche du centre d'un triangle reliant Anchorage, Barrow et Juneau. Celui que l'on surnomme « Les Bermudes de l'Alaska ».

— Ne me dis pas que tu crois à cette légende !

— Vingt mille disparitions et aucun corps retrouvé, ils se sont tous volatilisés. Il s'agit de la plus grande énigme non résolue à ce jour.

Je n'en crois pas mes oreilles ! William a toujours été rationnel, il ne se fie qu'aux analyses scientifiques. Même si depuis sa rencontre avec Amitola il s'est ouvert à une certaine forme de spiritualité, il a gardé les pieds sur terre et des idées carrées. De plus, jusqu'ici, rien ne permet d'établir la thèse d'un phénomène paranormal dans le triangle de l'Alaska. Les explications sur les disparitions recensées font l'objet de suppositions. Le climat hostile, les nombreux animaux sauvages, les hivers sans lumière, la densité des forêts forment une masse d'éléments offrant une réponse acceptable au fait qu'aucune victime n'ait été retrouvée.

— J'espère que tu ne m'as pas fait venir pour m'embrigader dans une idéologie complotiste ? Je te préviens de suite, je ne crois pas un seul instant à une présence extra-terrestre, ni à la formation d'un vortex énergétique, ni à n'importe quelle autre fadaise !

— Ne t'énerve pas.

— Tu en as de bonnes ! Je viens de me taper 15 heures de vol ! J'ai laissé mon équipe en rade, sans préavis. Tu appelles et je suis là ! En plein hiver de surcroît ! Alors maintenant, je voudrais que tu me parles de cette ethnie inconnue, William, sans quoi, je vais regretter de t'avoir fait confiance. Et que les choses soient claires : je n'ai aucune envie de perdre mon temps à évoquer un triangle maudit juste bon à faire couler l'encre et délirer les mystiques !

— Calme-toi. Je vais tout te dire. Je m'y prends mal, tu as raison, je n'aurais peut-être pas dû commencer par évoquer ce lieu, même s'il est une des clés de ma découverte. Je te rassure, je n'ai pas, ou plutôt, je n'ai plus d'opinion sur le triangle de l'Alaska, mais je peux t'assurer que cet endroit est particulier. Tu vois ces femmes sur les clichés, cette forêt, elles se situent géographiquement en plein centre du triangle. J'ai recalculé des dizaines de fois la position.

J'observe attentivement la carte en papier que William déplie devant moi. Les traits millimétrés, tracés à partir des trois angles, convergent en effet vers le milieu du triangle. Dans un très large périmètre, aucun village. La forêt, étendue sur au moins 100 km^2, ne porte pas de nom. Quelques reliefs sur fond vert suggèrent un paysage boisé.

— Selon toi, il y a un lien entre ce point précis du triangle et le fait qu'il soit habité ?

— Oui, je le pense. Ce sera notre futur travail d'essayer d'en établir un ou pas. En groupant nos connaissances, nous devrions y arriver.

Ma nervosité s'efface, j'entre dans une autre forme d'excitation, celle du besoin de faire parler les indices.

— Comment as-tu découvert cet endroit ?

— Grâce à une révélation. Comme tu le sais, la traduction du mot Duwamish est : le peuple de l'intérieur. Ceci parce qu'ils occupent un territoire à l'intérieur des terres du nord-ouest des États-Unis depuis des milliers d'années. Mais j'ai appris que derrière la formule se cache une seconde interprétation afin de brouiller les pistes et de perpétuer une tradition ancestrale. Il est question de l'intérieur du triangle, là où vit un peuple reclus.

— D'où tiens-tu ces informations ?

— Rosie, j'ai quelque chose à te dire, mais c'est compliqué.

Son teint devient cireux, ses traits se tendent, il tremble.

— Ce n'est rien de grave j'espère ? Tu as l'air contrarié.

— Je voudrais trouver les mots, mais je n'y arrive pas.

— Dans ce cas, contente-toi de l'essentiel, j'ai les reins solides. Que se passe-t-il ?

— Amitola est morte !

Je me pétrifie. Je suis catapultée ailleurs, dans une autre dimension. À des années-lumière de l'Alaska. Je n'entends plus la litanie métallique des rails, je ne vois plus la nuit sans fin sur les montagnes. Le sourire d'Amitola envahit le compartiment. Sa présence éthérée m'empêche de respirer.

— Rosie, ça va ?

La poigne de William sur mes avant-bras me sort de cet état de sidération.

— Oh non ! Ce n'est pas possible !

— Malheureusement, si.

— Pourquoi ? Comment ?

— C'est arrivé il y trois mois. Elle a été renversée par un van, un type de sa communauté. Il était ivre.

— Mais pourquoi ne m'as-tu rien dit ? Je serais venue près de toi.

— J'avais besoin de solitude, Rosie. J'avais besoin d'accompagner Amitola dans son voyage.

Les larmes surgissent. Impossible de les maîtriser. J'étouffe de chagrin. William me tend mon café.

— Bois, il va refroidir.

Mon ami a besoin que je sois forte. Je lui réclame cinq minutes, prétextant une envie urgente. Dans les toilettes, je m'asperge le visage d'eau froide jusqu'à ce que la morsure sur mes joues soit plus intense que la brûlure dans mon ventre. Mon esprit bouillonne, je n'arrive pas à concevoir la disparition d'Amitola. J'ai envie de hurler.

Après une longue introspection douloureuse, je retrouve William, impassible devant son ordinateur. Il a été nous chercher deux autres cafés. Son calme m'impressionne. Il se retranche derrière une façade opaque, imperméable à ce qui pourrait l'ébranler. Il reprend son récit sans s'appesantir. J'apprends que l'âme d'Amitola est restée sur la terre de ses ancêtres après avoir reçu le rituel sacré. William ne s'attarde pas sur les détails. Il synthétise les faits. Lorsque je l'interroge sur l'accident, il m'explique que le chauffard sortira bientôt de prison, la peine appliquée a été outrageusement clémente. Nous évoquons les ravages de l'alcool au sein des réserves. La gnôle, procurée en suffisance par le gouvernement américain, plonge la plupart des Amérindiens dans le fléau de la dépendance. Les conséquences sont désastreuses. Les autochtones cessent de s'insurger contre la profanation et le vol de leurs terres, ils perdent foi en leur culture, ils se résignent en échange de quelques bouteilles d'eau-de-vie. Les familles éclatent, les accidents se multiplient. Amitola est une victime de l'emprise capitaliste. Peu à peu, William en vient à des révélations plus personnelles. Je le laisse parler sans l'interrompre malgré les dizaines de questions qui me piquent les lèvres. Soudain, il sort un document de sa valise.

— Amitola m'a révélé un secret avant de mourir. Écoute :

Par-delà les forêts et les mille lacs, là où seuls des griffes et des sabots frôlent le sol, vivent celles qui savent.

Par-delà les forêts et les mille lacs, là où seuls des griffes et des sabots frôlent le sol, vivent ceux qui savent.

Depuis la nuit des temps, le peuple Duwamish se prépare au grand bouleversement. Un jour, quand les hommes n'auront plus d'avenir à offrir à leurs enfants, la Terre, par les eaux, le feu, le vent et les séismes reprendra ses droits. Alors, celles et ceux qui savent sèmeront aux quatre coins du monde des êtres dignes d'honorer la Terre Mère.

William replie méticuleusement la fine peau sur laquelle le message a été pyrogravé à l'aide d'un bois brûlé.

— Je l'ai trouvé à l'endroit indiqué par Amitola, dans la pochette accrochée à son tambour. Le texte est écrit en dialecte et en anglais. Elle n'a pas eu le temps d'aller au bout de ses confidences, la mort est venue trop tôt, mais ce que j'ai appris a fait de moi un nouvel homme.

— Où est-elle morte ?

Il s'approche de moi. Jusqu'ici je n'y avais pas prêté attention, mais je me rends compte qu'en plus de ressembler à un Amérindien, il en a toutes les attitudes. Sa voix aussi est plus profonde. En une année et demie, il est devenu un Duwamish.

— Elle a rendu un dernier souffle sur le bord de la route. Nous étions seuls, le chauffard avait pris la fuite. Les secours tardaient à arriver. Amitola savait que la vie la quittait et elle ne voulait pas partir sans transmettre son message même si en me le divulguant, elle transgressait les règles. En dehors des Duwamishs, personne ne connaît le fondement de leur présence au monde. Elle m'a dit : « Toi, tu es des nôtres, tu peux savoir ». Puis elle a évoqué ces deux tribus et les enfants qui y grandissent. Il s'agit d'un microcosme régi par des usages immuables. Chaque couple Duwamish peut offrir un enfant à « Ceux qui savent ». La démarche est volontaire et ceux qui choisissent de participer à la renaissance de l'humanité en retirent un grand apaisement. Le nourrisson doit être conçu au solstice d'été et remis à la communauté des femmes dès l'âge de trois semaines. Celle qui le récupère s'appelle une cueilleuse. Les enfants sont éduqués parmi les femmes jusqu'à l'âge de six ans. Ensuite, ils sont remis à la communauté des hommes où leur éducation sera assurée par un cueilleur. Je n'en sais pas plus sur les liens entre les deux communautés, mais je sais que la mère et le père biologiques de l'enfant ont le droit de le voir une fois par an, au solstice d'hiver. Ainsi, le lien du sang n'est pas rompu. Cette pratique peut sembler cruelle, mais elle montre à quel point les Duwamish sont altruistes. Je ne l'ai pas compris au moment où Amitola m'a confié tout cela. Le chagrin et la colère polluaient mes idées. La clarté sur le bien-fondé de cet acte inouï m'est apparue bien après l'incinération de ma femme. Ce fut un éblouissement. Rosie, tu es ici pour m'aider à tenir la promesse que j'ai faite à Amitola.

— Une promesse ? Mais, pourquoi moi ?

— Parce que tu es la seule personne capable de comprendre et parce qu'Amitola me l'a demandé.

William, l'œil aux aguets, vérifie que personne ne nous observe. Il prend mes mains entre les siennes puis se penche vers moi.

— Il y a dix ans, Amitola était mariée à un homme de sa communauté. Ils ont conçu un enfant au solstice d'été. Deux mois avant la naissance, le père est mort. Amitola était donc seule lorsqu'elle a confié sa fille à une cueilleuse. Seule aussi à chaque solstice d'hiver lorsqu'elle se rendait là où nous allons. Elle m'a supplié de ne pas rompre le lien avec son enfant. Elle a demandé d'aller la voir et de lui expliquer pourquoi elle ne sera plus jamais au rendez-vous. La petite ne connaît pas son père, elle sait que j'existe, mais je ne peux pas me présenter à elle, les cueilleurs me chasseraient. Amitola a émis le souhait que ce soit toi qui la remplaces.

— Moi ? Enfin réfléchis, je suis blanche, ils m'évinceront aussi.

— Ils te laisseront passer. Nous avons la nuit devant nous pour nous organiser.

— Et puis, que vais-lui dire ? Je ne parle pas le lushootseed !

— L'enfant maîtrise parfaitement l'anglais, tu n'auras aucun problème de communication. Tiens, je t'ai préparé un dossier avec toutes les informations nécessaires.

William me remet une enveloppe épaisse que je pose sur la tablette à côté de son ordinateur. À partir de cet instant, le silence sature l'air du compartiment. Je colle mon front à la vitre glacée. Les aurores boréales ont commencé leur ballet multicolore. Elles captivent brièvement mon attention. Mes doigts caressent le papier kraft qui enferme les documents, j'ai l'impression que mon amie est avec nous, à bord du train. Il me semble qu'elle me murmure sa demande. Elle me supplie de rencontrer sa fille, de la rassurer, de lui succéder chaque année au solstice d'hiver. Mes impressions sont de l'ordre de l'abstrait, la fatigue doit tenir un rôle dans cette aberration. La fatigue, et l'immense tristesse qui consume mon cœur. J'ai envie de me recroqueviller, de pleurer jusqu'à tarir mon désarroi. J'en veux à William de ne m'avoir rien dit. Je serai prête à étrangler de mes propres mains le fou furieux qui a tué la merveille qu'était la jeune femme. J'aimerais enlacer Amitola, sentir la chaleur de la vie dans son corps, son souffle, entendre sa voix si particulière. Je voudrais hurler que rien ne tourne rond en ce monde, que l'injustice me révolte, que la cruauté des hommes me dégoûte. Écartelée entre amour et haine, je perds le contrôle.

« Respire, respire ! »

Le café a un goût de terre.

« Respire, respire ! »

Quelques gouttes de fleurs de Bach sous la langue à la recherche d'un effet placebo.

« Respire, respire ! »

Amitola a besoin de moi, ma rage ne lui sera d'aucun secours.

William s'est allongé, la main droite sous sa nuque, la gauche sur le ventre, il fixe le matelas de la couchette au-dessus de lui. Au regard de ce que j'éprouve, je n'ose imaginer ce qu'il ressent. Son univers entier lui échappe. Il n'est plus un scientifique français, il n'est pas un sage amérindien ni même un américain par adoption. Ses racines sont à l'air libre, il flotte et cette suspension le met en danger. Lui aussi a besoin de moi.

La tempête intérieure se calme un peu, je me recentre sur les dernières volontés d'Amitola. Par l'intermédiaire de William, elle m'a confié une mission d'une importance sans égal. Je ne dois pas laisser trop de place aux émotions, seul un esprit pondéré saura répondre aux attentes. William, cet homme écorché vif, en équilibre sur le fil qui le relie à l'existence, place ses derniers espoirs en moi. Sa souffrance suinte dans chacun de ses silences. Sa froideur lors de nos retrouvailles cachait un feu ardent. Je regrette de ne pas l'avoir compris de suite. Une pointe de culpabilité me perce l'estomac, elle aiguillonne l'envie de me dépasser. J'ignore si je serai à la hauteur de la tâche, je n'ai jamais vraiment su comment m'y prendre avec les enfants. J'ai la nuit pour me préparer à cette rencontre exceptionnelle. Cette idée me procure une énergie dont j'arrive à peine à mesurer la force.

Ma filleule, Louane, a huit ans, elle est frêle, ses cheveux roux aux boucles indomptables encadrent un visage angélique. Son teint laiteux laisse apparaître la ligne bleue de ses veines sur ses tempes. Elle s'exprime dans un français impeccable et adore les jeux de société, les puzzles et les histoires de sorcières avant de s'endormir. La fillette que je vais rencontrer a neuf ans, j'essaie de me la représenter en songeant à ma filleule malgré le fossé qu'il y a entre leurs modes de vie. Ici, au cœur de l'Alaska, le climat hostile tanne la peau. La fille d'Amitola doit avoir des cheveux noirs et lisses comme ceux de sa mère, une corpulence à l'épreuve des conditions rudes dans lesquelles elle évolue. Son métabolisme doit stocker la graisse bien au-delà de ce que l'on connaît en Europe. Si son alimentation est pauvre et peu variée, il est probable qu'elle souffre de carences en calcium, en protéines, en vitamines. Cela doit avoir une incidence sur sa dentition, ses os, ses muscles. Aux jeux, elle préfère peut-être la chasse ? L'entretien du feu ? Le tissage ? Quant à son éloquence, je redoute que sans l'accès aux livres, son vocabulaire soit restreint.

Mon expérience m'a appris combien les conditions environnementales influencent l'aspect physique des individus. J'ai beau me creuser la tête, aucune représentation de l'enfant ne m'apparaît. Par contre, je peux sans difficulté évaluer la richesse de son témoignage. Tout ce qu'Amitola n'a pas eu le temps de confier à William, sa fille pourra me le dire.

Comment « Ceux qui savent » envisagent-ils un monde sans guerre ? Quel genre d'éducation reçoivent les enfants ? Quelles sont leurs valeurs ? Leurs croyances ? Ce qu'ils connaissent de l'humanité ? Pourquoi acceptent-ils des conditions de vie aussi difficiles ? Les deux communautés se rencontrent-elles ? Des couples se forment-ils ? Comment les parents biologiques parcouraient-ils les 3600 kilomètres qui séparent Seattle de Fairbanks à l'époque où il n'y avait pas de moyens de locomotion ?

Des centaines de questions se bousculent dans ma tête. Un tri sera nécessaire afin de ne pas apeurer la fillette. Le but de ma visite n'a rien de scientifique, mais je dois me retrancher derrière ma profession si je veux trouver le courage d'apprendre à cet enfant que sa mère ne viendra plus jamais la voir.

Parmi les documents contenus dans l'enveloppe, il y a des photos d'objets étranges : un bâton de parole en corne de gazelle, une parure en plumes de pygargue à tête blanche, un boomerang taillé en spirale, une pierre de jade sculptée de rosaces et une amphore en basalte remplie d'herbes aromatiques. William les décrit sur une dizaine de pages en mentionnant le lieu où ils sont soigneusement entreposés dans la réserve. Selon ses constatations, ils symbolisent les cinq continents, mais il ne fournit aucune explication sur leur usage ou utilité. William précise qu'en sa condition d'étranger, il est exclu de certaines cérémonies pratiquées par les Duwamishs. Ses découvertes sont le fruit de fouilles effectuées clandestinement. Il semblerait que les divers objets servent lors de rituels chamaniques. Leurs pouvoirs, réels ou supposés, seraient en relation avec les enfants offerts à la nature, cependant, seule une longue étude apportera des preuves concrètes.

L'archéologue a laissé des pistes de travail en suspens. Il a concentré ses recherches sur la rencontre avec la petite fille confiée à « Ceux qui savent ». Les révélations d'Amitola figurent en détail sur une vingtaine de pages. Les moindres débuts de phrase, les mots incertains accompagnés de leurs paronymes y sont consignés. Le témoignage est scrupuleux. Pourtant, comme William et malgré une lecture attentive, il m'est impossible de tirer une conclusion ou de mettre en évidence le lien entre les objets photographiés et les croyances liées à ce peuple reclus appelé par les Duwamish « Ceux qui savent ». Par contre, il ressort clairement que la volonté de repeupler la Terre après le grand chaos régit l'existence même des Duwamish.

Je suis stupéfaite ! Comment une communauté d'à peine quelques centaines d'individus peut-elle garder confiance à ce point ? Depuis huit mille ans, ils veillent à entretenir l'espoir d'une humanité aimante, conscients de l'impossible pérennité d'une espèce infectée par la noirceur de leur âme. D'où vient cette connaissance ? Comment font-ils pour se délester de la jalousie, du mépris, de l'individualisme, de la cruauté ? Et si le vrai Messie était un peuple amérindien ?

Les questions recommencent à fuser. Je prends des notes rapides, j'ignore combien de temps on me laissera auprès de la fillette. Il y a tant à dire, tant à apprendre. Des jours ne suffiraient pas. L'impatience me gagne, à présent, j'ai le sentiment de savoir exactement comment me comporter avec l'enfant. Une envie puissante de la serrer dans mes bras m'envahit. Je repousse les documents et interroge William.

— Comment s'appelle-t-elle ?

— Amitola, comme sa mère.

— Je suis prête à la rencontrer, si tu as un message à lui transmettre, tu peux compter sur moi.

William se redresse, il s'assoit en face de moi, les mains jointes sous le nez.

— Rosie, j'ai encore une chose à te demander.

— Je ferai tout ce que tu voudras.

— La petite connaît mon existence. Sa mère lui a parlé de moi il y a un an. Elle lui a montré mon portrait. Tu vas lui dire qu'à présent, je serai son cueilleur. Je veux que tu reviennes avec la fille d'Amitola !

— Quoi ? Mais je ne peux pas ! Ce serait un kidnapping !

— Comprends-moi, Rosie, elle est le sang d'Amitola, elle porte en elle la beauté, je ne peux pas la laisser au cœur d'une forêt où la température en hiver descend à - 40^0. Je veux lui offrir une éducation, du confort, de l'amour.

— Mais elle a grandi là, si tu la déracines elle risque de souffrir, peut-être de dépérir. Nous n'avons pas le droit de changer l'ordre des choses. Amitola ne t'a pas demandé d'enlever sa fille, elle voulait que tu la rassures par mon intermédiaire. À moins que tu m'aies menti ?

— C'est la vérité, seulement, je ne peux m'y tenir. Crois-moi, Rosie, je rassurerai cet enfant. Je serai le père qu'elle n'a pas eu. Un homme dont ma femme aurait été fière.

Ces derniers mots se coincent dans sa gorge. Des larmes perlent sur ses joues. Il craque, il s'effondre. Je suis désarmée devant l'immensité de sa peine. Je le relève et le serre dans mes bras.

Longtemps. Intensément. J'entends combien il a besoin de s'accrocher à un but. La fille d'Amitola représente un sens à donner à sa vie. Il veut la protéger, veiller sur elle, même s'il a beaucoup à apprendre avant de devenir un pilier solide. Il se sent capable de perpétuer la tradition des ancêtres, s'il le faut, il vivra parmi « Ceux qui savent », il deviendra un cueilleur. Il est prêt à tout, mais pas à abandonner cette petite fille qu'il considère comme la sienne.

Nous échangeons durant deux heures. Nous mesurons les risques et la portée de nos actes. Mes protestations s'opposent aux arguments de William, toujours plus pertinents, toujours plus émotionnels. Il tente de me convaincre, c'est difficile de résister. Un sentiment de honte m'envahit quand l'intérêt scientifique prend le pas sur ma conscience. Mes idées se brouillent. L'espace d'un court instant, je conçois que l'enlèvement de la petite fille soit la meilleure des solutions.

— Entendu, nous repartirons avec elle.

— Merci Rosie ! Tu verras, elle sera heureuse. Je te...

Le train s'arrête brutalement, propulsant les passagers au sol ou contre les parois des voitures. Nous nous retrouvons à genoux au milieu du compartiment. Ma tête a percuté le coin de la tablette, un filet de sang coule jusqu'à mes lèvres. William s'inquiète.

— Viens, je vais te soigner.

— Non, ça va, ce n'est pas la peine, c'est juste une égratignure. Et toi, tu n'as rien de cassé ?

— Non, tout va bien.

Une voix annonce au micro que des amas de neige encombrent les rails. Le train doit repartir en marche arrière, le temps que des ouvriers arrivent pour dégager la voie. D'un ton rassurant, la voix ajoute que Fairbanks n'est plus qu'à une cinquantaine de kilomètres. Si les travaux de déblaiements s'éternisent, des cars seront mis à la disposition des voyageurs.

Les couloirs s'animent, des passagers vont et viennent à la recherche d'explication. Il est 5 h 22. Dehors, l'obscurité empêche de voir à plus d'un mètre. Nous allons prendre du retard sur l'organisation de la journée. William tente de joindre le responsable des locations de voitures, il a peur qu'elles ne soient prises d'assaut à l'arrivée du train. Personne ne lui répond. Il sort un flacon de son sac à dos et un tampon d'ouate.

— Qu'est-ce que c'est ?

— Un mélange de plantes, il va cicatriser ta plaie.

— Cela arrive souvent ce genre d'incident ?

— Oui, tout le temps en hiver. Nous avons eu de la chance que cela ne se soit pas produit plus tôt.

— Tu crois que nous devrons finir le voyage en bus ?

— Non, ils ont l'habitude, d'ici une bonne heure nous repartirons.

— Quand nous serons de retour à Seattle, accepteras-tu de me montrer où les cendres d'Amitola ont été dispersées ?

— J'ai prévu cet hommage, nous irons en compagnie de sa fille.

Le train se met à vibrer.

— Es-tu certain que nous avons pris la bonne décision ?

— Oui. Rosie, j'ai besoin de toi, je t'en supplie, ne change pas d'avis.

Elle lui offre un sourire baigné de réconfort.

— Tu vois cette main, elle est celle d'une amie sur laquelle tu pourras toujours compter.

Ils se tiennent, ils se regardent, ils n'ont jamais été aussi complices. Ils sont frères et sœurs de cœur. Ils sont en symbiose.

Soudain, le train se soulève à l'arrière, comme la queue d'un scorpion. Un bruit assourdissant de ferraille fait grimacer Rosie et William. Propulsées par une force inouïe, les voitures se détachent des rails, elles s'enroulent en spirale.

Le temps de ne pas comprendre ce qui se passe, le train a disparu.

***

Article du journal *Anchorage Daily News*

Une nouvelle disparition inexplicable vient de se produire dans le triangle de l'Alaska. Le train de nuit qui relie Anchorage à Fairbanks, avec 228 passagers et membres d'équipages à son bord, s'est volatilisé ce matin aux alentours de 5 h 30. Aucun débris, aucune trace de vie, aucun point d'impact n'a été retrouvé sur les lieux. Vu les conditions météorologiques, des recherches approfondies reprendront au printemps. L'espoir de retrouver des survivants est nul, a annoncé le chef du département.

En 2017, Dominique Van Cotthem a été lauréate du concours *Femme Actuelle* avec son premier roman *Le sang d'une autre*, couronné par le Prix *Coup de cœur des lectrices*. En 2023, elle publie *Adèle* chez Genèse Édition. L'année suivante, *Réparer nos silences* paraît dans la même Maison. Son quatrième roman, *Les eaux assassines*, est sorti en octobre 2024 toujours chez Genèse Édition. Multi récompensée, l'autrice se démarque par une plume poétique trempée dans la noirceur de l'âme humaine. Dominique Van Cotthem vit à Liège.

Bibliographie

Les eaux assassines, roman, Genèse Édition 2024

Réparer nos silences, roman, Genèse Édition 2023, Prix des bibliothèques de Bruxelles, 2024

Adèle, roman, Genèse Édition 2022, Prix des librairies Club, 2023

Le sang d'une autre, roman, éditions Les Nouveaux Auteurs 2017, Pocket 2019, Prix Femme Actuelle, 2017

Chemin tracé, nouvelle, Éditions Lamiroy 2021
Le vin, recueil de nouvelles (collectif) des lauréats du concours CEP, Éditions de CEP, 2021
En piste ! jeunesse, Bel et Bien Édition 2021
En route belle troupe ! jeunesse, Bel et Bien Édition 2021

DERNIER TRAIN

Frank Leduc

*« Nous sommes comme des papillons
qui battent des ailes pendant un jour
en pensant que c'est pour l'éternité. »*
Carl Sagan

Un matin comme tous les autres en région parisienne.

Je stationne ma voiture sur l'avant-dernier emplacement. Celui près de la sortie, sous le marronnier. Après il me faut traverser le parking sur toute sa longueur et perdre un peu de temps, mais c'est ma place depuis longtemps. Je n'aime pas trop les changements. Et puis, ça m'évite d'avoir à réfléchir, car vu son éloignement de la gare elle est presque toujours libre. Surtout à cette heure matinale. Un rapide coup d'œil à travers la vitre pour vérifier que rien ne traîne. Il y a des voyous qui zonent par ici dans la journée alors mieux vaut ne pas tenter le diable.

5 h 17, le bruit de mes bottes résonne sur l'asphalte. Quatre pas entre chaque place, trois en allongeant légèrement la foulée, je connais par cœur, ça n'a jamais changé même lorsqu'ils ont repeint les lignes. J'ai la sensation d'être suivi, je m'arrête, je me retourne, mais je ne vois personne, juste un noir complet. Je ne me suis réveillé que quelques minutes plus tôt. Sur ce parking, j'ai l'impression qu'on me plonge dans un bain d'eau glaciale après la naissance. Ce qui est un peu le cas. Au loin le halo des réverbères ressemble à une oasis de vie foisonnante. Malheureusement ceux-ci n'éclairent pas jusqu'à moi. J'accélère le pas. Aujourd'hui ça sera trois foulées.

Il ne s'agit pas d'une gare conventionnelle, juste un quai au milieu des champs, comme il en existe beaucoup dès qu'on s'éloigne des centres urbains. Clairsemées, une dizaine de personnes attendent le 5 h 30. Je connais leurs visages, je les vois presque tous les jours. Nous partageons un même quotidien, des nuits courtes, des levers aux aurores, et de longs déplacements pour se rendre au travail. Parfois un regard, un sourire amical, une complicité occasionnelle, mais jamais un mot.

Sous mes pieds, le sol est granuleux. Du petit gravier poussiéreux qui s'envole à chaque passage de trains lorsque le temps est sec. Malgré les éclairages au-dessus de moi j'ai toujours froid et l'impression d'être observé. Après quelques mètres le noir reste sans relief. Ce quai est comme une île au milieu d'un océan de rien. Quelqu'un pourrait très bien se dissimuler tout près. Je m'ôte cette idée angoissante de la tête. Je remonte le haut de mon col et plonge les mains au fond de mes poches en comptant les minutes.

Le 5 h 30 entre en gare à 5 h 34. Il ralentit dans un grincement lugubre d'essieux puis s'arrête. La température est tellement basse que tout le monde se précipite vers les portes comme une nuée d'insectes sur une lampe. Tout le monde, sauf moi. J'hésite à monter. Je pense à envoyer promener tout ça, les trains, le froid, les contraintes, la ville, pour partir vivre loin. Dans un pays chaud et tranquille. Sur des plages de sable fin bordées de cocotiers. Je me réveillerais aux lueurs du jour sans agenda précis. J'irais à la pêche. Rien d'indispensable ne m'attache à ce quotidien de labeur. Je suis le prisonnier d'une suite de hasards qui ont tracé ma vie. C'est trop tard pour aujourd'hui, je monte, on verra demain.

La nuit, les trains ont ceci de particulier que la plupart des gens y voyagent isolés. Lorsqu'ils parlent ils le font à voix basse. Hormis les bruits de la machine, le silence règne. La lumière tamisée permet d'y prolonger sa nuit. Je m'installe en fin de wagon, l'avant dernière rangée, au siège numéro 3C. Je ne suis pas le seul à m'asseoir systématiquement à la même place. Beaucoup d'autres le font. Là le monsieur à casquette, près de la fenêtre la working girl, ici la dame aux camélias. C'est le surnom que je lui donne car elle porte toujours une broche à fleurs sur la poitrine. Évidemment, elle ne sait rien de ce sobriquet. Je me dis que si un jour je faisais quelque chose d'exceptionnel, de positivement hors du commun, que je devienne célèbre, on pourrait retracer ma vie avec exactitude en partant d'ici. *Voici la place où il se garait, sous le marronnier, le train qu'il prenait, le siège où il s'asseyait…* La dame aux camélias qui ne m'a jamais adressé un regard mettrait peut-être ma photo en fond d'écran et expliquerait à tout le monde qu'elle me voyait chaque matin. Un collectionneur achèterait le « 5 h 30 », pour l'exposer dans un musée à Tokyo ou à Shanghai. Ça se pratique beaucoup là-bas, ils aiment bien les reliques de personnes connues, j'ai lu ça dans un magazine. Je caresse le skaï usé du siège. Certains admirateurs de mes œuvres feraient probablement ce geste de façon commémorative. Ils se prendraient en photo devant pour la partager sur internet avec enthousiasme et il y aurait des milliers de likes. Ça se passe toujours comme ça ! Les réseaux sociaux sont un endroit où l'on peut vivre plus grand et mourir sans que personne ne s'en aperçoive. Un lieu de solitude surpeuplé. La plupart du temps les gens y sont beaux, heureux et en bonne santé. Ils ressemblent aux figurants d'un film sur le bonheur.

Le train démarre tout doucement, par à-coups successifs, puis il prend de la vitesse. On est secoués ; ce n'est pas grave. J'ai des acouphènes. Des bruits qui sont en moi depuis longtemps mais qui n'existent pas pour les autres. C'est un dysfonctionnement électrique à l'intérieur de ma tête, un brouhaha incessant entrecoupé de bips stridents et réguliers. J'ai mal aux jambes, aux bras, un peu partout. La chaleur relative du wagon ne me réchauffe pas encore.

Trois sièges devant moi, à côté de la dame aux camélias et de la *working-girl,* une femme assise regarde dans ma direction. Ce n'est pas une habituée pourtant je la reconnais. C'était mon institutrice à l'école primaire. Il y a longtemps. On l'appelait Madame Danièle. Elle n'a pas changé. Le même regard, avec la frange brune tirée sur le côté. Que fait-elle dans mon train ce matin ? Se souvient-elle de moi ? C'est peu probable. Combien d'enfants une institutrice voit-elle passer durant toute sa carrière ? Des milliers… Elle ne peut pas se rappeler de chacun. Je pourrais lui dire qui je suis, me présenter et lui faire part de mes souvenirs. Ça lui ferait sans doute plaisir mais nous serions vite à court de conversation. Elle a sûrement davantage gardé en mémoire les élèves qui lui donnaient satisfaction. Moi, à l'école je n'ai jamais été un couteau très affûté. Ma scolarité a plus ressemblé à un chemin de croix qu'à un champ d'honneur. J'ai été exclu de deux établissements pour résultats défaillants et respect approximatif de la discipline. Ce que je suis devenu, c'est en partie à elle que je le dois, car la plupart du temps j'y mettais très peu du mien et elle n'a jamais renoncé. Ses collègues qui lui ont succédé avaient moins de patience. Le soir, lorsque madame Danièle s'endort, elle doit être fière d'avoir contribué à faire avancer toutes ces jeunes vies. Peu de métiers offrent de telles satisfactions. Son visage est apaisé, épanoui, elle est resplendissante.

Par la fenêtre je vois la gare de Juvisy, puis celle d'Athis-Mons quelques minutes plus tard. C'est ici que j'ai passé mon enfance. Étrangement, alors que Paris m'oppresse, je me suis toujours senti chez moi en banlieue. Pourtant je n'y reviens plus. Ma mère est décédée, la maison a été vendue, alors qu'est-ce que j'y ferais ? Seul mon train y transite et mon esprit parfois. Un jean décoloré, un sac US en bandoulière, des écouteurs sur les oreilles et un keffieh autour du cou. Je ne me souviens plus de ce que j'écoutais. Le café devant la gare de Juvisy était mon QG. En entrant à droite, un *Amazon Hunt*[4] tout bleu, avec sa musique, ses bumpers et ses targettes lumineuses animait l'espace. C'était l'endroit le plus sûr pour me croiser. J'avais des rêves plein la tête et de l'ambition à chaque respiration. Le temps jeune est si long. C'est comme si les grains du sablier étaient épais à l'enfance et de plus en plus fins à l'âge adulte. Ils s'érodent, on ne les voit presque plus s'écouler. Combien de sable me reste-t-il aujourd'hui ? Je n'en ai aucune idée, heureusement d'ailleurs. Quand on est au bord de la falaise on a l'impression que tout va bien.

Le train ralentit, grince de douleur puis s'immobilise. Une odeur de vieille ferraille envahit la rame. Nous sommes arrivés en gare Saint-Charles. Une dizaine de voyageurs entrent, certains descendent, les vies se mélangent dans un ballet et la luminosité change. De l'extérieur chacun apporte une touche différente et une nouvelle harmonie se crée. Madame Danièle a disparu, et mes souvenirs d'elle avec. J'observe mes nouveaux voisins avec curiosité. Une cadre dynamique, tailleur strict et chignon impeccable, côtoie un ouvrier en bleu de travail. Un jeune garçon ébouriffé d'une quinzaine d'années, portant une veste kaki, un foulard autour de cou et

---

[4] Flipper très à la mode dans les années 80.

un casque sur les oreilles, s'est affalé contre la vitre les pieds sur le siège d'en face.

Après quelques instants d'immobilisme, nous repartons dans un bruit aussi épouvantable qu'à l'arrivée. Sans que personne ne semble le remarquer, un chien, est entré dans le wagon. Un berger allemand noir et feu, il est seul. Il saute sur une banquette et s'allonge. Il a l'air d'avoir ses habitudes, pourtant moi je ne l'ai jamais vu. Il me regarde, me fixe. Il me fait penser à la chienne de ma mère. Mon Dieu que j'ai aimé cette bête. Si je pouvais encore la prendre dans mes bras, elle collerait son museau sur mon visage comme elle aimait le faire. Elle basculerait sur le côté pour que je lui caresse le ventre. Je l'ai connue bébé, moi j'étais un jeune adulte. Après elle, je n'ai jamais eu d'autre chien. Je suis resté fidèle à ce qu'elle avait été pour moi. Une larme coule sur mon visage et je ne fais rien pour la retenir. Gaïna est morte à dix-sept ans, un âge canonique pour un berger allemand. On ne partage pas la même échelle de temps avec les animaux. Un papillon a-t-il conscience de n'exister que quelques jours ? Ou bien ce court laps d'existence est-il aussi riche pour lui qu'une vie entière pour nous ?

Sur les fenêtres, je vois le miroitement des gens à l'intérieur du wagon. Certains semblent impatients d'arriver à destination, comme la *working-girl,* alors que d'autres sont plus résignés. Le jeune garçon endormi contre la vitre me rappelle qui j'étais à son âge. Moi aussi, je prenais le train très tôt pour me rendre à l'école. J'étais amoureux de Candice. Une attirance intense, qui occupait toutes mes pensées et dont elle a longtemps ignoré l'intensité. Pour beaucoup, les premiers émois sont les plus marquants. On découvre des sentiments inconnus, la fierté de se sentir enfin grand. J'ai embrassé la bouche de ses quinze ans sans en connaître la valeur. Un premier baiser à l'adolescence, ne ressemble à rien de ce qu'on éprouve ensuite. Un instant de découverte furtif qui marque souvent le reste de notre vie.

Derrière les reflets de la vitre, la nuit dissimule encore la campagne. Un paysage d'automne et de champs défraichis qui ont perdu leurs promesses d'autrefois.

Nouveau ralentissement, nouvelle gare. Le chien a disparu, plusieurs passagers également. À chaque ouverture des portes, un froid glacial accompagne les entrants. L'alchimie change à nouveau. Je les reconnais tous. Même si j'ai oublié le nom de certains. Ce sont d'anciens collègues, des fournisseurs, des clients. Je m'étonne de les voir dans mon train. Que garde-t-on des dizaines de milliers d'heures que nous passons au travail durant notre vie ? C'est difficile de le dire à l'avance. On ne peut le savoir avec certitude qu'à la fin. Des projets, des échecs, des réussites, qui nous ont mobilisés, il en restera probablement peu. Ce qu'on apporte avec nous lorsqu'on approche du terminus est plus léger. Ce sont des rencontres, des sourires, des regards, des regrets aussi, des instants qui, sur le moment, peuvent nous paraître anecdotiques, mais dont on se souvient.

Subitement, je ressens une présence tout autour de moi, comme une enveloppe protectrice. Dans le reflet je me vois seul et pourtant je me sens accompagné. J'ai l'impression d'être une pastille effervescente qui se désagrège dans l'eau et dont le temps est compté. Dans le wagon, entre un quatuor de gens très dissipés. Trois femmes et un homme. Ça parle littérature, photo, chats, chiens, recueil de nouvelles. Ça rit beaucoup. On se connaît. On se connaît bien. Avec eux je me suis toujours senti à l'aise, en famille. Ça me fait rarement ça. Il n'y a pas d'explication, c'est comme ça. Un genre d'intimité spontanée. Peut-être que c'est le hasard, peut-être que ça vient de plus loin, en tout cas c'est là. Ils s'approchent, s'assoient près de moi et s'étonnent de me trouver dans ce train. Ils parlent tous en même temps si bien que je ne comprends rien. Malgré la surprise, je suis content de les voir, de les entendre. Ça m'a tellement manqué ces dernières années. Je me tais, je les écoute. J'y prends du plaisir. Alors que la nouvelle gare approche, ils s'inquiètent.

– Tu ne vas pas au terminus au moins ? me demande Émilie.

– Si.

Je parle mécaniquement. En réalité je ne sais pas, mais ne rien dire lui aurait sûrement paru suspect.

– Bon… se renfrogne-t-elle. Tu as fait ton temps !

– On aura plein de choses à se raconter, me dit Rosalie. Tu vas voir ce n'est pas si mal là-bas !

– Et nos romans, me demande Dominique subitement, ils se vendent toujours ?

– Oui, oui.

Je n'en sais rien du tout, mais je tiens l'échange. On espère tous que nos œuvres nous survivront. Qu'elles auront une réalité posthume, comme Kafka, Larsson, ou Sainte Thérèse de Lisieux pour les plus ambitieux.

– Et Saint-Etienne ? s'inquiète Ergé, avec un air de gravité que je ne lui connaissais pas. Ils en sont où les verts ?

– Champions d'Europe !

– Tu déconnes ?

– Non, non. Ils ont battu le Bayern en final, 2 à 1. Deux poteaux rentrants !

Son regard s'illumine. J'ai dit ça pour lui faire plaisir, bien sûr. Mais inventer quelque chose, tous les auteurs le savent, c'est le faire exister un peu, alors je ne m'en prive pas.

– C'est fort ce qui nous est arrivé ensemble, me dit Émilie.

C'est vrai que c'est fort. Comme un bonbon qui pique, dans un paquet de bonbons qui ne piquent pas. C'est une de mes plus belles fiertés. On se serre en arc de cercle, nos fronts se touchent, à l'image des équipes de football américain avant de tenter un touchdown. On est tous arrivés par des chemins différents pour finir ici, dans le même wagon. Je ne me souviens plus, c'était il y a longtemps. La vie avance à pas lents. On a changé plusieurs fois de route, de file, on a fait des demi-tours, on a klaxonné beaucoup ! L'écriture nous a réunis, mais je suis persuadé que ça aurait pu être autre chose. L'inspiration nécessite je crois, de ne jamais se sentir complètement à sa place.

Cette fois, seuls ceux dont c'est le moment restent à l'intérieur du wagon. Mon quatuor descend. Un vieil homme entre et s'assoit derrière moi. J'ai toujours froid. Dominique revient sur ses pas alors que les autres sont déjà sur le quai à me faire de grands signes avec les bras.

– Tu veux vraiment rester ici ? me demande-t-elle. C'est chaud marron si tu restes…

– La prochaine c'est le TER MI NUS ! ajoute Rosalie qui l'a rejoint, en accentuant bien chaque syllabe.

Le signal sonore du départ retentit.

– Oui, oui !

Je réponds en simulant un vague air de sérénité. Je sais faire.

– Bon, comme tu voudras, me dit Rosalie.

– Je vais aller voir ce qu'il y a là-bas, de l'autre côté, ajoutais-je pour les rassurer. Je vous garde une place pour le déjeuner ? Au bord de la mer, avec du vin blanc et des huîtres ! Ça ne sera pas Wimereux, mais ça sera bien !

— Et des bulots ! insiste Dominique enthousiaste.

— D'accord, j'en demanderai. Allez filez de mon train maintenant !

Elles sortent in extremis, juste avant que les portes ne se referment. Le chef de quai les admoneste vivement dans un éclat de rire général. Le train redémarre tout doucement. C'est la dernière image que j'ai d'eux. C'est peu et précieux à la fois un éclat de rire. C'est une friandise que l'on ne grignote qu'entre amis.

Cette fois, c'est la nostalgie qui m'étreint. Mon temps est passé si vite. Je me revois cartable au dos et ballon de foot sous le bras. Dans la cour de récréation. Là même où je dribblais des armées entières de défenseurs, sous les acclamations du public, avant d'être contré in extremis par une petite fille qui jouait à la marelle en plein milieu de la surface de réparation adverse. Le plancher du wagon est devenu transparent. Au travers je vois défiler ma vie à une vitesse inouïe. Tout y est. Je perçois quelques images éparpillées dans le flot, mais finalement très peu. Le cœur est une étrange caméra aux focus imprévisibles. Ma mémoire se vide comme une baignoire. Ai-je vraiment vécu tous ses moments ? Ou bien n'était-ce qu'une illusion ? La mousse des sentiments met plus longtemps que l'eau à s'écouler.

Un homme arrive dans mon dos. Je ne le remarque pas tout de suite. Il s'agit d'un contrôleur très élégant. Il est vêtu à l'ancienne, casquette et costume trois pièces. Je fouille dans mes poches. C'est bien ma veine, j'ai oublié ma carte orange. Celle avec ma photo d'ado dans laquelle je rangeais mes tickets U. Qu'est-ce que je vais bien pouvoir lui raconter ? Le vieux monsieur installé à quelques fauteuils du mien lui tend son titre de transport. Je suis trop éloigné pour entendre ce qu'ils se disent, mais de son côté tout à l'air en règle.

Il progresse vers moi et c'est avec une extrême politesse qu'il m'aborde. J'ai l'impression d'être un client de la plus haute importance et lui le groom d'un palace prestigieux. Sa préciosité à me parler me fait sentir plus confiant. À vue d'œil il a passé l'âge de la retraite. Sans doute prend-il plaisir à exercer son métier. Il commence par s'enquérir de mon voyage. Je l'assure que rien de fâcheux ne m'est arrivé durant le trajet. Que j'ai traversé de nombreux printemps et finalement très peu d'orages. Que j'ai eu la chance de rencontrer des gens formidablement différents. Que j'en ai aimé beaucoup. Que je n'ai jamais été déçu, si ce n'est parfois par moi-même.

— Vous êtes-vous déjà senti riche de tout ce que les autres vous ont apporté ? lui demandais-je.

Il me répond d'un sourire entendu.

— Tout cela est fort satisfaisant, dit-il sans l'ombre d'une contrariété.

Il ressemble vaguement à Antony Hopkins. Et aussi à mon grand-père que j'ai peu connu, si ce n'est sur de vieilles photos en noir et blanc. Mais après toutes ces amabilités, la question redoutée finit par tomber.

— Pouvez-vous, s'il vous plaît cher monsieur, me présenter votre titre de transport ?

La vache, il y met les formes.

— Eh bien, c'est-à-dire…

— C'est-à-dire ?

— Je crois l'avoir oublié à mon domicile.

— Oh, je vois. C'est fâcheux.

Un moment de silence gênant s'ensuit, dont il semble pourtant s'amuser.

— Je vous aurais bien acquitté le prix du trajet, dis-je pour tenter de témoigner de ma bonne volonté, mais je crains fort d'avoir également oublié mon argent.

— Décidément, vous jouez de malchance.

J'écarte les bras en signe d'affliction.

— Les linceuls n'ont pas de poches, c'est bien connu, ajoute-t-il sans se départir de son air emphatique.

— Que peut-on faire maintenant ?

— Je pourrais bien entendu vous demander de descendre, mais la prochaine gare est le terminus alors évidemment vous n'en seriez pas des plus contrariés.

Je souris à mon tour.

— Ça ne se reproduira plus, je vous le promets.

— Je vous crois. Les gens qui me croisent le font généralement de façon unique. Sauf, bien évidemment, s'ils n'ont pas de titre de transport et que je les fais descendre. Mais à cause de mon passage tardif, ça ne sera pas votre cas. Vous pourriez éventuellement… sauter.

Je regarde sous moi le film de ma vie qui continue de défiler. Sur les côtés le jour commence à se lever, mais la vitesse est telle que je ne parviens à distinguer qu'une lumière écarlate.

— Je me ferais mal…

— C'est une évidence, admet-il. Vous auriez de profondes séquelles.

— Profondes… comment ?

— Irréversibles, je le crains.

— Bien. Vous ne me tentez pas beaucoup.

— Ce n'était pas mon intention, Cher Monsieur. Si vous préférez rester dans le train, je vous y autorise, c'est donc un choix qui vous revient.

– Je peux vous demander ce qu'il y a au terminus ? Je n'y suis jamais allé.

– Ça, je l'imagine aisément. Hormis moi, personne n'y est jamais allé ! Mais non, je ne peux pas vous le révéler…

– Pourquoi ?

– Vous le saurez bien assez tôt. Mais rappelez-vous que pour tout bon voyage l'important n'est pas la destination, mais le chemin. Alors profitez bien de ces derniers instants parmi nous.

Je réfléchis un moment à sa proposition. Évidemment, je ne me vois pas sauter d'un train en marche. Je suis bien trop douillet pour me faire intentionnellement du mal. Et puis, j'ai le goût de la découverte. Il me tente avec son Terminus. La curiosité, bien souvent mal considérée, loin d'un vilain défaut, a toujours été pour moi une qualité. Je choisis donc de rester et de continuer mon chemin. Le contrôleur me souhaite bonne chance et me salue poliment en soulevant le haut de sa casquette. Je reste seul avec l'homme assis derrière moi. Je me retourne, j'essaie de croiser son regard, sans succès. Il a l'air blasé, désabusé. Il n'attend rien et n'a pas eu droit aux questions qui m'ont été posées.

Le train décélère subitement. Le contrôleur manque de perdre l'équilibre, se rattrape de justesse et peste envers le conducteur. On arrive à la fin du voyage, je me rends compte que sur les côtés il n'y a plus qu'une lumière blanche. Sous mes pieds le film de ma vie ralentit également. Mes souvenirs se sont écoulés par le trou de la baignoire, elle est maintenant pratiquement vide. Je me vois allongé sur un lit dans une chambre transparente. Il y a des gens que je ne connais pas qui s'activent autour de moi. Le bip régulier revient de plus en plus fort dans ma tête. Ce ne sont pas des acouphènes, mais les battements de mon cœur sur un moniteur. Je regarde ce que j'ai été avec indulgence. Je vois mon corps du dessus. Je suis balloté de droite à gauche, retenu à lui comme un cerf-volant à un piquet. Je me remémore sur la plage avec mon père, ma main d'enfant dans sa main de grand. L'écume des vagues qui vient par saccades jusqu'à nos pieds. Il m'explique comment diriger le petit avion jaune aux ailes bleues qui tournent au bout du fil.

— Tu ne le lâches surtout pas, me dit-il.

Alors je sers fort la bobine. La responsabilité est d'importance. Si je n'y prête pas attention, il partira dans le ciel et on ne le reverra sans doute jamais. J'aimerais retourner sur cette plage, revoir ma frimousse de sept ans, celle de mon père, et refaire le chemin dans l'autre sens. Mais c'est trop tard.

Le train entre dans la gare. Il s'arrête. Le voyage est terminé. De nombreux quais nous entourent, au-dessus, en dessous, il y en a partout. Les portes s'ouvrent et le courant d'air pénètre dans la rame. Sur les quais des centaines de voyageurs se bousculent. Je me lève. L'homme qui était avec moi a déjà disparu. Au fond du wagon l'élégant contrôleur m'encourage.

– Il ne faut pas rester là, Cher Monsieur !

Je descends timidement. Je me sens oppressé, seul, au milieu d'une foule dense, un microbe parmi d'autres, un élément de l'ensemble. J'ai souvent imaginé l'instant de ma mort, mais jamais comme une gare aux heures de pointe. Je ne m'y repère pas, j'avance, je suis happé. Je résiste. J'ai peur de perdre mon individualité au profit d'un tout dont je ne sais rien. Ce que j'ai été va-t-il disparaître dans cet endroit, comme une tirelire répandant tous ses sous ? Ou bien est-il possible de rester moi-même tout en prenant un autre train ?

Je vois mon corps s'éloigner. Ou peut-être est-ce l'inverse ? J'ai été malade longtemps avant que la mort ne vienne. Je me regarde, les traits cadavériques, figés pour l'éternité alors que je m'élève dans le ciel aussi léger que l'air. Je ne ressens plus de douleurs, plus l'arthrose qui m'handicapait depuis tant d'années, plus de complexes, plus de colère, juste de la hauteur. Une femme au chignon de travers me ferme les yeux. Elle note l'heure du décès sur un registre : 5 h 30. Mais n'était-ce pas plutôt 5 h 34 ou 5 h 27 ? A-t-elle arrondi par commodité ? C'est rapide une fin de vie. On l'attend parfois durant des mois, des années et puis en une fraction de seconde plus rien. Une longue maladie a un côté vertueux, elle permet à tout le monde de se préparer. Ainsi lorsque la mort intervient enfin, elle soulage celui qui part autant que ceux qui restent. Sans cela tout est bien plus compliqué.

Le dernier instant, comme le Big-bang, contient tout l'univers. C'est une flamme sur laquelle on souffle. Une fulgurance qui clôture une histoire pour commencer toutes les autres. J'ai juste la sensation d'ôter un vieil habit qui me serrait trop et auquel je ne tenais plus, comme un papillon qui se libère. Je ne suis ni triste, ni amer. Je pense à ceux que j'ai laissés avec fierté. Je me sens heureux dans ma plénitude. Mais peut-être n'est-ce qu'une conscience réfractaire ? Le reliquat chimique d'une activité cérébrale qui perdure quelques instants après le dernier souffle et paraît bien plus longue ? Mon esprit scientifique ne peut réfuter complètement cet argument, bien que je ne le ressente pas ainsi. Une femme vient vers moi. Je reconnais ma mère.

– Viens vite Frank, dépêche-toi !

Elle me parle comme lorsque j'étais enfant et ne semble pas surprise de me voir là. Pourtant ce n'est pas mon cas. Je veux la serrer dans mes bras, mais je n'en ai pas le temps. Elle prend ma main et m'entraîne vers un autre quai.

– Ton train va partir dans quelques minutes. On doit se presser !

– Mais je viens juste d'arriver…

Je tente de m'insurger pour gagner du temps, mais rien n'y fait.

– Je sais, me répondit-elle. De plus en plus de familles refusent le départ de leurs proches par une forme d'acharnement thérapeutique et cela retarde les trains.

On entre sur un quai. Il est bondé comme tous les autres. Elle me pousse dans le premier wagon.

– Tu n'as pas de bagages ? me demande-t-elle.

– Non.

– Tant mieux. Beaucoup de gens emportent des bagages de leur vie d'avant, ça encombre et ça ne sert à rien. Mieux vaut tout acquérir sur place !

À l'intérieur, la plupart des sièges sont occupés. Je reconnais le vieux contrôleur à casquette. Il sourit alors que le signal du départ retentit déjà.

– Encore vous ! m'adresse-t-il espiègle. J'espère que vous avez votre billet ?

Je lui tends celui que me donne ma mère à la hâte. Il le regarde circonspect, le retourne plusieurs fois avant de me le rendre satisfait.

– Bravo, cher monsieur, je préfère les voyageurs en règle ! Sinon j'aurais été obligé de vous faire descendre dans une vie qui ne serait pas la vôtre, et cela présente toujours des désagréments futurs.

Je vois que ma mère a griffonné un mot dessus à la hâte. Je n'ai plus besoin de mes lunettes, ça aussi ça a changé. Je lis :

Ne ricoche pas sur la vie !

L'idée me fait sourire. Elle m'adresse un clin d'œil.

– J'aurais aimé qu'on passe plus de temps ensemble Maman…

Elle ne semble pas attristée, bien au contraire.

– Ne t'inquiète pas mon chéri, on a toute la vie !

– Mais tu restes là…

– Non. Je te rejoindrai plus tard, lorsque ce sera mon moment.

Je ne comprends pas, mais elle semble très sûre d'elle. Les portes se referment. Je la vois disparaître, lentement ainsi que la gare et ses enchevêtrements de rails.

Je cherche une place, la plus excentrée possible pour qu'on ne me remarque pas. Les personnes assises autour de moi ont l'air contentes d'être là. L'avant-dernière rangée, je m'assois. Je pose les pieds sur la banquette d'en face et appuie ma tête contre la fenêtre comme je le faisais adolescent. Les paysages défilent. Il pleut, je m'assoupis. Tout ça m'a paru si court…

Frank Leduc est un écrivain français dont les œuvres se classent dans la catégorie thriller ou roman d'anticipation.

Son premier roman, *Le Chaînon manquant*, publié aux Éditions Jets d'encre en 2017, puis aux Nouveaux Auteurs en 2018, remporte le Grand Prix Femme Actuelle en 2018.

Il est suivi de *Cléa* (Nouveaux Auteurs, 2019), *La Mémoire du temps* (Nouveaux Auteurs, 2020), et *Duel* (Belfond 2024) avec lequel il remporte le Prix des bibliothécaires de Mulhouse 2024 et est nominé pour le Prix de la nouvelle voix du polar 2025. Tous ses romans sont disponibles chez Pocket.

Remerciements

Imaginez la scène.

Quatre auteurs assis autour d'une lourde table de chêne. Stylo en main, lunettes sur le nez (Las ! le temps passe…), prêts à saisir la plus fugitive des pensées pour la clouer au papier d'une plume affûtée. Grattements de gorge et sourcils froncés dans un silence de cathédrale. Le sérieux de l'affaire justifie le cérémonial qui l'entoure. Que diable, il s'agit ni plus ni moins de choisir le thème du prochain recueil collectif de ces quatre écrivains !

Mais non, effacez tout !

Prenez les mêmes auteurs, flanquez-les sur un quai de gare. Ajoutez des valises, des manteaux débraillés, des gorges asséchées d'avoir jaqueté sans discontinuer pendant 48 heures. Gardez les lunettes (le temps passe pour de bon !), embuées par la tristesse de se séparer. Ils repoussent tant qu'ils peuvent le moment des adieux. Quand tout à coup…

— Flûte, on a oublié de choisir le thème du prochain recueil !

Silence sur la petite troupe, habituée à déterminer ce point crucial dans l'urgence de la dernière minute. L'un regarde ses pieds, l'autre rajuste son écharpe. Les regards s'égarent autour d'eux, à la recherche d'une idée. L'heure tourne, un sifflement aigu le leur rappelle. Une voix hésitante.

— Bon, on pourrait parler de train…

Un train… Aïe. Enthousiasme débordant des quatre créateurs. Si, si, promis. L'un d'entre eux tente vaillamment de rebondir.

— Mais un train spécial alors. Un train… euh…

— Un train de nuit ! s'exclame le troisième.

Son élan galvanise, tous se félicitent et se congratulent, soulagés. Voilà, c'est ça, un train de nuit, excellent point de départ. C'est mystérieux, ça véhicule plein de légendes, un train, surtout un train de nuit. Le quatrième s'empresse de sortir son petit carnet pour gribouiller, le thème aurait vite fait de s'évaporer dans la fatigue du retour.

Aurevoirs — séparation.

Quelques semaines plus tard, ils se mettent à l'ouvrage. Finie la plaisanterie, il est temps d'écrire une histoire, soyons sérieux. Certains râlent bien un peu[5].

---

[5] Extraits des échanges WhatsApp.

> Dites, vous êtes sûres pour le train ? Non, parce que les J.O., ce serait quand même vachement mieux !

> Oh non ! Pas les J.O. ! Et pourquoi pas le foot, tant qu'on y est !

> Moi vivante, jamais on n'écrira sur les J.O. !

> Les J.O. ??? C'est quoi ce truc ??

> Maieuh !!! je ne trouve pas d'idée. L'encre sèche sur ma plume comme la fleur se fane dans son vase.

> Il te reste six mois.

Comme vous venez de lire *Train de nuit*, vous savez déjà que vos vaillants auteurs ont une fois de plus démontré leur opiniâtreté face à l'adversité, leur courage inaltérable pour escalader les pentes abruptes de l'écriture, leur esprit de sacrifice pour polir une idée saugrenue jusqu'à obtenir une nouvelle digne de votre lecture… et tutti quanti.

Mais que vient donc faire ce long laïus dans les remerciements, nous direz-vous ? Nous avons cherché à qui nous pourrions exprimer notre gratitude après avoir clamé dans les recueils précédents notre reconnaissance envers les lecteurs et lectrices, les libraires, les blogueurs… Une reconnaissance éternelle, mais qui exige de nous d'éviter la répétition.

Vous raconter quelques bribes de la naissance de ce recueil nous a paru une façon comme une autre de vous montrer où va notre reconnaissance chaque fois que nous chaussons nos lunettes (Las…) et saisissons notre plume (affûtée) pour écrire. Lecteurs et lectrices, blogueurs et libraires nourrissent notre énergie. Le monde qui nous entoure est notre source d'inspiration.

Un train qui siffle, la nuit tombe.

Un gamin immobile sur le passage piéton. Un documentaire sur les peuples natifs. Une question qui vagabonde dans la tête. Le fond sonore du supermarché. Une image déformée par la vitre du bus. Une photo entrevue dans le magazine feuilleté chez le dentiste. Une blague. Une série qui nous fait coucher trop tard. Un roman, deux romans, mille romans lus et sédimentés dans nos esprits. Un rayon de soleil sur la fourrure du chat. Un moment de nostalgie. Un casse-pied. Un réveil douloureux. Un rêve. Un fait divers entendu à la radio. Un fou-rire avec des ami(e)s. Les premiers bourgeons du printemps. Une course en plein vent. Un agenda trop chargé. Une tempête de sable. Un gâteau au chocolat…

…et une histoire naît.

Alors pour ce voyage bercé par le chuintement des rails, un immense merci au monde qui nous entoure de fourmiller de vie, d'idées, d'images, de mots et d'émotions, dont l'amalgame est indispensable à l'exercice de cette mystérieuse inspiration.

Émilie, Rosalie, Dominique et Frank

TABLE DES MATIÈRES

Paris-Rome_____ 7
Emilie Riger

Un agent très spécial_____ 49
Rosalie Lowie

Amitola_____ 83
Dominique Van Cotthem

Le dernier train_____ 125
Frank Leduc

Vous avez aimé
Train de nuit,
Découvrez nos recueils précédents …

Quatre auteurs vous livrent des récits décalés, mélange d'émotion et d'humour, autour d'un fil conducteur « la lecture », qui s'invite comme un personnage à part entière.

Un hôtel a ceci de particulier qu'il est une étape dans un voyage. Un lieu de passage et de brassage où le temps n'efface jamais vraiment le souvenir de ceux qui y font escale. Un endroit empreint de mémoire collective et d'histoires individuelles.

Certaines rencontres changent définitivement la vie. Parfois, il suffit d'un regard, d'un sourire, d'un parfum. Parfois, il faut du temps pour comprendre l'importance de l'instant. Lorsque survient ce rendez-vous, le cœur sait qu'il ne battra plus pareil. Un voyage jusqu'au point de rencontre, là où le hasard ressemble à une évidence, là où tout commence.

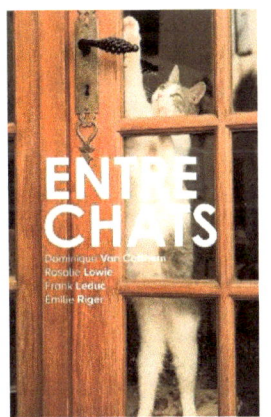

Depuis la nuit des temps, le chat fascine les écrivains. Alternance de douceur, de volupté et de force, il est un compagnon d'écriture idéal. « Entrechats » vous propose de découvrir quatre histoires de chat incoroyables.